HISTORIAS
PARA ANTES DE
DORMIR
Mis cuentos preferidos

pirueta

Título original:
Histories du Soir. Mes contes préférés

Primera edición: Octubre de 2011

© 2011 Éditions Gründ
© de esta edición: Libros del Atril S. L.
© de la traducción: Susana Andrés
Av. Marquès de l'Argentera, 17, Pral.
08003 Barcelona
www.piruetaeditoral.com

Impreso y encuadernado por EGEDSA
ISBN: 978-84-15235-24-8
Depósito legal: B-28063-2011

HISTORIAS
PARA ANTES DE
DORMIR
Mis cuentos preferidos

pirueta

Índice

Jacob y Wilhelm Grimm   **213**

Índice

Charles Perrault 375

Hans Christian Andersen

La princesa del guisante

Ilustrado por Hanoa Silvy

É rase una vez un príncipe que quería contraer matrimonio con una princesa, pero tenía que ser una auténtica princesa. Recorrió el mundo entero en su busca, pero siempre encontraba pegas. No es que faltaran princesas, pero nunca estaba seguro de que fueran auténticas, siempre había algo que no acababa de encajar. Regresó a su casa muy afligido pues habría querido conocer a una auténtica princesa.

Una noche horrible
en que rugían los truenos, los
rayos resplandecían, llovía a
cántaros y todo daba mucho
miedo y gran espanto,
llamaron a la puerta del lugar
y el viejo rey salió a abrir
en medio de aquella terrible
tormenta.

Fuera había una princesa.
Pero ¡madre mía, con la lluvia y el mal tiempo, menuda pinta!
El agua le chorreaba de los cabellos y la ropa, le entraba
por la nariz y los zapatos, y le salía por los talones. Proclamó que
era una auténtica princesa.

«Bueno, ¡eso ya lo veremos!», pensó la anciana reina y, sin decirle
nada, fue al dormitorio, sacó cuanto había en la cama, puso debajo
un guisante y luego lo cubrió con veinte colchones, sobre
los cuales depositó también veinte edredones de plumas de ganso.

Ahí era donde la princesa debía pasar la noche.

A la mañana siguiente preguntaron a la joven cómo había dormido.

—¡Oh, ha sido espantoso! —respondió la princesa—. Casi no he pegado ojo. ¡Sabe Dios qué habría en la cama! Tengo el cuerpo lleno de cardenales porque me acosté encima de algo duro. ¡Qué horror!

Entonces todos se dieron cuenta de que era una auténtica princesa pues, a través de los veinte colchones y los veinte

edredones de plumas había notado el guisante. Solo una auténtica
princesa tenía la piel tan delicada.

El príncipe la tomó por esposa, pues ahora estaba seguro de haber
hallado a una auténtica princesa. Luego colocaron el guisante en
el gabinete de objetos de arte, donde todavía puede contemplarse
si nadie se lo ha llevado.

Y he aquí un auténtico cuento.

El abeto

Ilustrado por Sébastien Chebret

Había una vez en el bosque un hermoso abeto...
Se hallaba situado en un buen sitio: le alcanzaba
el sol, no le faltaba el aire y, alrededor, crecían
numerosos amigos pinos y abetos más antiguos. Pero el pequeño
abeto estaba impaciente por hacerse mayor... Le daba igual el sol
y el aire fresco y no hacía caso de los hijos de los campesinos que
decían: «¡Qué bonito es este pequeño abeto!».

Un año después le apareció un gran anillo; el año que siguió, un
anillo más y el otro, uno más e incluso mucho mayor, pues, ¿sabes?,

la edad de los árboles se calcula a través de los anillos de su tronco. Y el abeto quería continuar creciendo...

—¡Ojalá fuera un árbol tan grande como los demás! —suspiraba—, podría extender las ramas y, desde lo alto de mi copa, contemplar el vasto mundo. Los pájaros construirían los nidos entre mis ramas y, cuando soplara el viento, saludaría agitando la cabeza como los otros.

El sol, las aves y las nubes rosadas que planeaban por encima de él de la mañana a la noche no le causaban la más mínimo satisfacción.

Sin embargo, pasaron dos inviernos y un tercero y un cuarto más, luego un quinto, blanco de nieve y escarcha, que llevó con él la Navidad. Se talaron los árboles jóvenes del bosque y por último le llegó el turno al joven abeto... El hacha se hundió profundamente en su médula, él cayó a tierra con un suspiro y, tras un breve desfallecimiento, se encontró, para su sorpresa, instalado y decorado en el magnífico salón de una gran casa... De una de sus ramas colgaban unas pequeñas bolsas de papeles de colores llenas de caramelos y habían colocado en sus ramales más de cien bombillitas. Arriba del todo, en la cima del árbol, pusieron una estrella centelleante magnífica. Los niños revoloteaban alrededor de él aplaudiendo y riendo. Así, la fiesta de la Navidad llegó a su momento culminante de esplendor, risas y magnificencia por la noche y al día siguiente.

Luego cesaron los festejos, el silencio reinó en toda la casa y un día el abeto fue relegado al olvido en el fondo de un oscuro cobertizo. Fue necesaria toda la pericia de los ratones curiosos y parlanchines para distraerlo un poco y hacerle sonreír.

—¿De dónde vienes? ¿Y qué sabes? —preguntaban los ratones.

Él se puso a contarles... Les contó toda su juventud, les habló del bosque y los ratoncitos nunca habían oído nada parecido. Le escucharon con atención y le dijeron:

—Qué bien sabes contarlo...

Y las noches que siguieron cada vez eran más los ratones que acudían para escuchar lo que el abeto decía y, cuanto más hablaba el árbol, con mayor claridad recordaba, y pensaba: «¡Pues fue en realidad un período muy agradable el que pasé en el bosque!».

Sin embargo, los ratoncitos acabaron cansándose y fueron a ocuparse de sus tareas. Y el árbol suspiró:

«Era un placer estar rodeado de esos ratoncitos que escuchaban mis relatos. Ahora eso también se ha terminado... En fin, cuando vuelvan a buscarme, no me faltará diversión».

Pues sí, eso ocurrió una mañana, en medio de mucho trajín. Unos vigorosos brazos arrojaron fuera el árbol y este se dijo:

«¡Ahora comienza la vida!».

Olía el aire fresco, sentía los primeros rayos de sol y pensaba: «¡Voy a volver a vivir!», sin percatarse que yacía, reseco, en un triste patio y rodeado de malévolos niños.

Uno de los más jóvenes se acercó y le arrancó con violencia la estrella de oro que había sido el mejor de sus adornos.

—Mirad lo que queda todavía en este árbol de Navidad tan feo —dijo—, y pisoteó las ramas, que crujieron bajo el peso de sus zapatos.

El árbol contempló el esplendor de las flores y el verdor del jardín, se miró a sí mismo y añoró el oscuro rincón del desván; pensó en ese período verde de su juventud en el bosque, en la feliz noche de Navidad y en los ratoncitos que estaban tan contentos de escucharle.

«Es el fin, el fin de todo pensaba el pobre árbol. Si al menos hubiera sido feliz cuando tuve la ocasión...»

Y como para darle la razón, el criado de la casa se puso a cortar el árbol en trocitos. De ahí salió un gran montón de leña que ardía de maravilla, pero con cada destello el árbol recordaba una noche de verano en el bosque o una noche de invierno bajo el titilar de las estrellas...

Los niños jugaron alegremente en el patio alrededor del fuego de leña. Y se acabó, se acabó esa noche, se acabó el árbol y se acabó también este cuento... para que duermas bien y lo repitas mañana...

Juan el Patán

Ilustrado por Pascale Breysse

Había una vez en el campo una vieja mansión y en ella un anciano señor que tenía dos hijos. Ambos querían pedir la mano de la hija del rey y ahora podían intentarlo, pues la princesa había declarado que se casaría con el que fuera más hábil en defender su causa.

Los dos estaban convencidos de que iban a conquistarla... Uno se sabía de memoria el diccionario de latín y tres años del periódico de la ciudad; el segundo era capaz de recitar todas las leyes del Estado y, además, sabía bordar los arneses.

El padre regaló a cada uno un hermoso corcel. El primero recibió uno negro como el carbón y el segundo, otro blanco como la leche. Y he aquí que, justo en el momento de partir, apareció de pronto el tercer hermano —¡ah, sí, había en efecto un tercer hermano!— al que llamaban Juan el Patán.

—¿Adónde vais tan engalanados? —preguntó.

—A palacio, a conquistar a la hija del rey.

—¡Pardiez, tengo que ir! —exclamó Juan el Patán.

Los hermanos se burlaron de él y emprendieron el camino.

—¡Padre, dame un caballo! —gritó Juan el Patán. Tengo muchas ganas de casarme.

—Estás diciendo tonterías replicó el padre y no te daré un caballo.

—¡Tanto mejor! ¡Cogeré el macho cabrío!

Y dicho esto, se montó en el animal a horcajadas y salió al encuentro de sus hermanos, que cabalgaban en silencio.

—¡Eh! ¡Eh! —gritó Juan el Patán—. ¡Que voy! Mirad lo que he encontrado por el camino.

Y les mostró una corneja muerta.

—Patán, ¿para qué quieres esto?

—Será un regalo para la hija del rey!

—Sí, sí, muy bien.

Y prosiguieron su camino riendo.

—¡Eh! ¡Eh! ¡Que voy! Mirad lo que acabo de encontrar.

—Patán —dijeron—, no es más que un viejo zueco gastado.

—¡Es para la hija del rey! —les explicó Juan el Patán.

Y los hermanos volvieron a reírse y dejaron atrás a Juan.

—¡Eh! ¡Eh!

Y Juan el Patán sacó del bolsillo, como si fuera un delicado man-jar, el barro que había encontrado por el camino para mostrárselo a sus burlones hermanos...

Pero estos corrían a galope tendido para llegar pronto a la puerta de la ciudad, donde los pretendientes al corazón de la princesa ya esperaban en apretadas filas.

Los habitantes del lugar se apostaban ante las ventanas del castillo para contemplar la escena.

Sin embargo, en cuanto se presentaba un pretendiente, este se quedaba enseguida sin argumentos y la hermosa joven lo despedía.

—¡No vales nada! —decía—. ¡Vete!

Les llegó el turno a los hermanos. El que se sabía el diccionario de pe a pa se presentó, pero lo había olvidado todo de tanto esperar en la fila. En cada ventana había tres secretarios y un escribano que registraba todo lo que se decía con el fin de que pudiera aparecer de inmediato en el diario: era horrible. Y además la estufa estaba tan cargada que se había puesto al rojo.

—¡Hace muchísimo calor aquí! —dijo el pretendiente.

—Porque mi padre hoy está asando pollos —contestó la hija del rey.

¡Ay! El joven no supo qué replicar, pues precisaba de una respuesta ingeniosa...

—¡No vales nada! —declaró la hija del rey—. ¡Vete!

Le llegó entonces el turno al segundo hermano.

—¡Qué calor tan terrible hace aquí! —exclamó.

—Pues sí, hoy estamos cocinando pollos —dijo la princesa.

—¿Cómo...? ¿Me estáis diciendo...?

—¡No vales nada! —sentenció la hija del rey.

Entonces le llegó el turno a Juan el Patán, que hizo su entrada encaramado en el macho cabrío.

—¡Oh! ¡Qué calor tan agobiante! —exclamó.

—Es porque estoy asando pollos —dijo la hija del rey.

—Anda, ¡qué divertido! respondió Juan el Patán. Entonces, ¿podré asar yo también mi corneja?

—Naturalmente —señaló la hija del rey—. Pero ¿tenéis un recipiente en que meterla?

—Lo tengo —contestó Juan el Patán—, aquí está mi cacerola con el mango de estaño.

Sacó el gastado zueco y metió la corneja.

—Es todo un banquete —observó la hija del rey—, pero ¿dónde está la salsa?

—En mi bolsillo —replicó Juan el Patán, enseñando el barro que había recogido—, tengo de sobras.

—¡Me encanta! —concluyó la hija del rey—,
¡sabes responder y sabes hablar, y te aceptaré por
esposo! Pero ¿sabes que todo lo que decimos
o hemos dicho ha quedado por escrito? En cada
ventana hay tres secretarios y un viejo escribano,
y este es el peor, porque no entiende nada.

Se lo decía para intimidarlo. Y todos los
secretarios se indignaron y empezaron a manchar
de tinta el suelo en señal de protesta.

—¡Es gente importante! —dijo Juan el Patán—, le daré lo mejor de lo que tengo al escribano.

Y rebuscó en los bolsillos y le arrojó el barro en plena cara.

—¡Bien hecho! —exclamó la hija del rey—. Yo no habría osado. Pero ¡aprenderé!

Y así fue como Juan el Patán se hizo rey, tuvo esposa y corona y se sentó en el trono y lo sabemos por el diario del escribano... que no es hombre de fiar.

El ruiseñor

Ilustrado por Céline Puthier

Hace mucho tiempo vivía en China un poderoso emperador. Su palacio era tan espléndido que el mundo entero lo envidiaba. Estaba situado en medio de un bosque tan extenso como toda una ciudad, donde crecían delicados nenúfares. Al caer la tarde, los pescadores se congregaban allí, se tendían bajo los árboles y escuchaban el canto del ruiseñor.

—¡Qué hermoso! —decían.

Acudían viajeros de países lejanos para visitar la ciudad imperial. Elogiaban su belleza, pero cuando alguno se internaba en el bosque vecino, no podía evitar admirar el canto del ruiseñor.

Al regresar a sus hogares, esos viajeros contaban el maravilloso viaje en libros donde hablaban, sin excepción, del fabuloso ruiseñor cuyo canto era más bello que todo lo que las Tierras Medias ofrecían. Se hicieron llegar tales libros a la corte de China. Y fue así como el emperador acabó por enterarse de que poseía un ruiseñor cuyo canto extasiaba a todo el mundo. Mandó buscar a su canciller y le dijo:

—En mi jardín hay un ruiseñor elogiado por el mundo entero y del que no sé nada. Encuéntralo.

El canciller se desvivió por cumplir las

órdenes, interrogó a todos acerca del ruiseñor, pero eso no le sirvió de nada. Al anochecer, exhausto, se reunió de nuevo con el emperador.

—No lo he encontrado, Majestad. Dudo incluso de que exista. No deberíais creer lo que han escrito.

—Este libro me ha sido enviado por el poderoso emperador de Japón —contestó entonces el emperador, montando en cólera—, y la corte del Sol Naciente nunca miente. ¡Iré a escuchar a ese ruiseñor porque merece toda mi atención!

—Como gustéis, señor —contestó intimidado el canciller.

Volvió a buscar el ruiseñor por todas partes. Finalmente, en las cocinas de palacio, descubrió a una joven muy pobre que le dijo:

—Sé dónde se encuentra ese ruiseñor. A menudo me detengo en el bosque vecino para escucharlo y eso me llena de alegría.

La jovencita mostró el camino y todos los cortesanos la siguieron. En el bosque, les señaló el pájaro.

—Ruiseñor, el emperador desearía escucharte esta noche. ¿Querrás acompañarnos? —le preguntó la muchacha.

—Será un placer —respondió el pajarito.

Fue una bonita velada. Toda la nobleza china se hallaba reunida en la sala del trono. El canto del ruiseñor fue una verdadera delicia. Nadie hablaba. Todos miraban al pájaro y las lágrimas del emperador.

Así es: el emperador estaba emocionado. Conmovido en lo más profundo de su ser por la dulce melodía, lloraba. Cuando el pájaro calló, insistió en condecorarlo con la más alta distinción. El ruiseñor, sin embargo, contestó:

—No, Señor, he visto vuestras lágrimas y ese ha sido mi más preciado regalo.

En los días que siguieron, el pájaro cantó otras veces y toda la ciudad no tardó en tararear la melodía de sus trinos.

Encerrado en una jaula de oro fino colgada en el jardín, el ruiseñor solo podía salir tres veces al día con la pata atada a doce hilos de seda que sostenían doce servidores con librea.

Cuanto más elogiosamente hablaban los cortesanos y el pueblo del ruiseñor, más acorralado se sentía él, lejos de su querido bosque. Y no tardó en aburrirse.

Una mañana, un mensajero llevó un paquete. Lo abrieron. En una caja de madera preciosa había un pajarito mecánico de plata, recubierto de rubíes y diamantes, acompañado de una nota en la que se leía: «El pájaro del emperador del Sol Naciente es poca cosa comparado con el ruiseñor del emperador de China». Dieron cuerda al pájaro y cuál no fue el asombro general. ¡Qué canto tan puro! Cuanto más lo escuchaban, más apagado les parecía el trino del ruiseñor de verdad. Además, lo buscaron, pero fue inútil. Se había escapado por una ventana entreabierta.

En los días siguientes, el pájaro de plata cantó más de treinta veces ante una corte embelesada. El maestro de música lo elogió:

—Señor, contemplad la superioridad de esta ave. Su canto nos parece natural y no nos aburre nunca. Es esto lo que la hace tan extraordinaria.

Y así fue como todos se olvidaron del ruiseñor auténtico. Sin embargo, los pescadores, que sí lo recordaban, repetían:

—Este pájaro de plata es bonito, pero le falta algo.

El ruiseñor de plata recibió la recompensa que el ruiseñor de carne y hueso no había osado aceptar. Durante un año, el canto del pájaro mecánico, posado sobre la mesita de noche del emperador, veló su sueño. Toda la población de la ciudad conocía su melodía.

Una mañana, cuando habían preparado el pájaro de plata para que despertara al emperador, se oyó en su interior un pequeño clic, después un cuac y un ploc. Un segundo después, el ruiseñor mecánico enmudeció.

Al cabo de una hora, el relojero de palacio hizo acto de presencia y examinó el mecanismo.

—Se han gastado las ruedas del engranaje —dijo—. Es imposible reemplazarlas porque están montadas de forma muy sutil. Naturalmente, puedo reparar este pájaro mecánico, pero habrá que escucharlo con menos frecuencia si no deseáis que enmudezca para siempre su pequeña melodía.

Así pues, el pájaro no cantaba más que una vez al año. Pasaron cinco años: el estado de salud del emperador empeoró. Se temía por su vida.

En sus amplios aposentos, el soberano, pálido y helado, esperaba la muerte. Reinaba el silencio y todo el mundo aguardaba el día en que el pájaro de plata se pusiera a cantar.

No obstante, el emperador todavía no estaba muerto. Una noche, más cansado que de costumbre, abrió los ojos y vio que la Muerte se aproximaba hacia él. Se sentó entre el pájaro de plata y su cama. En sus manos sostenía un gran sable de oro y una bandera de victoria.

—¿Te acuerdas, emperador, de aquella mala acción que cometiste? —preguntó la Muerte al enfermo.

—No, no me acuerdo —respondió el hombre.

Los sirvientes creyeron que el emperador hablaba solo, así que lo dejaron y los malos espíritus todavía lo hostigaron más.

Ya en su agonía, el enfermo llamó al pájaro mecánico.

—¡Canta para mí! ¡No me abandones!

Pero el pájaro de plata no respondió nada y el emperador permaneció en la penumbra, a la merced de la Muerte, que reía a su lado.

De repente se oyó una melodía conocida. Era el ruiseñor de carne y hueso, que llegaba para consolar al emperador. Posado sobre el marco de la ventana, arrojaba sus alegres trinos. Su canto sedujo a la Muerte.

—Canta más —le dijo la Muerte— y te daré mi sable.

Y el pájaro cantó.

La Muerte, melancólica, abandonó una a una sus joyas y se esfumó como la niebla.

—Gracias, mi pequeño ruiseñor. Gracias por haber salvado a quien tan mal te trató. Acepta mis pobres disculpas. ¿Cómo puedo recompensarte ahora?

—No necesito nada —respondió el ruiseñor—. Un día vi las lágrimas de mi emperador. Vi la bondad de vuestro corazón. Los malos consejeros que os rodean os han guiado por el mal camino y yo no os deseo ningún mal. Dormid ahora. Recuperad vuestras fuerzas.

—Pero dime, ¿te quedarás a mi lado? —preguntó el monarca.

—Me quedaré hasta que os encontréis mejor, pero vuestro palacio no es buen lugar para construir mi nido. Por las noches vendré y cantaré las bondades de la tierra para vos. Pero os pido un deseo…

—¿Cuál? —inquirió el emperador.

—Nunca deberéis revelar que tenéis cerca de vuestro corazón un pájaro que os lo cuenta todo y os guía.

El hombre prometió guardar el secreto y se durmió. Su sueño fue largo y reparador. Cuando despuntó la aurora y el mal canciller y el ambicioso maestro de música fueron a ver si el enfermo ya se había muerto, se lo encontraron mirándolos, impasible y con una sonrisa en los labios.

El emperador vivió largos años todavía, fue amado por su pueblo, cuyas miserias conocía gracias al canto del ruiseñor, y desterró a los malos consejeros.

En cuanto al pájaro de plata, se cuenta que por la noche, cuando todo el mundo duerme, el ruiseñor va a verlo, le da cuerda y se pone a cantar con él.

El hada del saúco

Ilustrado por Clémence Pénicaud

Érase una vez un niño que llegó de la escuela tan resfriado que su madre enseguida lo metió en la cama y le dio una rica tisana de saúco.

Apenas había depositado la tetera a la cabecera de la cama, cuando entró el vecino, siempre dispuesto a visitarlos y a contar una buena historia.

—Mira bien la tetera —dijo al niño—, ¡de ahí surgirá un precioso cuento!

El niño se volvió entonces hacia la tetera, donde habían empezado a crecer las flores del saúco y se habían transformado en un matorral precioso. El matorral se extendió por el lecho y en medio de grandes flores blancas se dejó ver una forma extraña.

Era el hada del saúco, esa hada encantadora que sabe historias procedentes de tiempos inmemoriales...

El niño miró fijamente la silueta del hada, que se volvió borrosa, y entonces se percató de que las ramas del saúco, lentamente, lo rodeaban. Luego el hada del saúco lo estrechó dulcemente contra su pecho y... ¡ale hop! Salieron volando.

El hada del saúco se había convertido en una radiante niña, era un placer mirar sus ojos grandes y azules. Ella y el niño se abrazaron, eran de la misma edad y tenían los mismos gustos.

—Ahora estamos en el campo —dijo la niña—. Delante de nosotros está la iglesia. Y ahora se ve la fragua, donde arde el fuego. ¡Ven, vamos, vamos al castillo corriendo!

Emprendieron un largo vuelo por toda Dinamarca y llegó la primavera, el verano, el otoño y el invierno, y en los ojos y el corazón del niño se reflejaron miles de imágenes, y la voz de la niña lo arrullaba:

—¡Jamás lo olvidarás!

Y el aroma del saúco no cesaba de impregnar el aire.

—¡Qué bonita es
la primavera aquí! —se admiraba la niña.

Se encontraban luego en un hayedo y el muguete exhalaba
su perfume bajo sus pies, las anémonas de color rosa pálido cubrían
de forma sutil el color verde de la tierra. ¡Oh, ojalá la primavera
durase eternamente en el fragante hayedo danés!

—¡Qué bonito es el verano aquí! —se admiraba la niña.

Y pasaron cogidos de la mano por todas las estaciones.
Y la niña se lo enseñaba todo al niño y siempre emanaba su aroma
el saúco.

Luego el niño se convirtió en un joven y tuvo que recorrer
el ancho mundo, marchó muy lejos, hacia los países cálidos donde

crece el café. No obstante, a su partida, la niña cogió una flor de saúco que llevaba prendida en el pecho y se la dio para que siempre la conservara. Y él la conservó. Y cuanto más la contemplaba, más se reanimaba la flor. El joven percibía el aroma de los bosques daneses y veía con claridad, entre los pétalos de la flor, a la niñita de ojos azules que murmuraba:

—Aquí se está bien en primavera, verano, otoño e invierno.

Y por la mente del muchacho pasaban miles de imágenes.

Transcurrieron de este modo muchos años y el joven ya había envejecido. Estaba sentado con su anciana esposa, como un rey junto a una reina, bajo el fragante árbol que parecía ser un saúco, cuando el anciano contó a su esposa la historia del hada del saúco tal como se la habían contado a él cuando era niño. Y ambos pensaron que esa historia se parecía mucho a la suya y que lo que más les gustaba eran los puntos que tenían en común.

—Sí, así es —terció una voz que procedía del árbol—. Algunos me llaman hada del saúco, pero mi auténtico nombre es Sueño. Soy yo quien reside en el árbol, quien crece y crece, sé recordar y sé contar. Muéstrame si todavía tienes la flor que te di —dijo al anciano.

El niño estaba ahí, despierto en su cama. Ya no sabía si había soñado o si es que había oído contar este cuento.

La tetera estaba en la mesilla, pero de ahí no salía ningún saúco, y el anciano que había contado la historia se había ido.

—¡Oh, qué precioso! —dijo el niño—. ¡Madre, he viajado a los países cálidos!

—Bien puede ser —respondió la madre—, después de beber dos tazas de tisana de saúco caliente uno debe de llegar hasta los países cálidos.

Y arropó bien al niño para que no cogiera frío.

—¿Y dónde está el hada del saúco? —preguntó el niño.

—Ya no está en la tetera —contestó la madre—, pero ¡estoy segura de que volverá!

El traje nuevo del emperador

Ilustrado por Sébastien Chebret

Hace mucho tiempo, vivía un emperador al que le chiflaba de tal modo la ropa nueva y bonita que tenía un traje para cada hora del día y consagraba todo su dinero a su indumentaria.

En la gran ciudad donde vivía, la gente se burlaba de ello.

Pero he aquí que un día llegaron dos timadores. Fingiendo ser tejedores, se jactaron de tejer la tela más maravillosa que imaginar se pueda. No solo los colores y el estampado eran excepcionalmente hermosos, sino que los ropajes confeccionados con esa tela tenían la maravillosa propiedad de ser invisibles para quien no sabía desempeñar sus funciones o manifestaba una irremediable necedad.

«Esta ropa sí es exquisita —pensó el emperador—. Cuando me la ponga, podré distinguir qué hombres son capaces de realizar sus tareas en mi reino, y saber quiénes son inteligentes y quiénes tontos. Sí, voy a ordenar que me tejan la tela cuanto antes.»

Así que ofreció mucho dinero a los dos timadores como paga y señal para que se pusieran manos a la obra.

«Me gustaría saber cuánto han avanzado», se le ocurrió un día al emperador.

Sin embargo, consideró más prudente enviar primero a alguien para que le informara.

El emperador delegó en primer lugar en su anciano y dispuesto ministro. «Pues es inteligente —se dijo para sus adentros— y nadie cumple con sus funciones mejor que él.»

Y el anciano y honrado ministro entró así en la sala donde los dos estafadores trabajaban en sus vacías tareas.

«No veo nada en absoluto», pensó.

Pero no dijo nada por miedo a que pudieran creer que era necio o que no desempeñaba bien sus tareas.

—¡Oh! ¡Qué estampado, qué colores...! Sí, le diré al emperador que me gusta muchísimo.

La misma escena se repitió con otros emisarios... hasta el día en que el emperador en

persona, acompañado por sus cortesanos, se presentó en
el taller.

«Pero ¡cómo! —pensó el emperador—. ¡Si no veo nada!
¡Qué horror! ¿Seré tonto? ¿Es que soy incapaz de realizar las
labores de un emperador? ¡Ay! ¡Para mí, no habría nada más
horrible!»

—Oh, es muy hermoso —sentenció entonces—, muy hermoso:
doy mi más sincera aprobación.

Todo el séquito que lo rodeaba añadió:

—¡Oh, es muy hermoso! ¡Qué hermoso!

Y el emperador gratificó a cada uno de los timadores con una
cruz de caballero para ponerse en el ojal y con el título de maese
tejedor.

Y así fue como el emperador decidió ponerse ese traje nuevo
con motivo del gran desfile.

Durante varios días, los preparativos para tal acontecimiento
ocuparon a los dos timadores, que fingieron que sacaban la ropa
del telar. Cortaron el aire con unas grandes tijeras y cosieron
con agujas sin hilo... Por último, declararon:

—Ya está, hemos concluido el traje. Su Majestad, ¿tendríais la bondad de desvestiros para que os vistamos con el traje nuevo ante este gran espejo?

El emperador se sacó toda la ropa y los timadores se limitaron a hacer los gestos de vestirlo con un traje de ceremonias... ¡que no existía!

—¡Dios mío, qué bien cae! ¡Se ajusta perfectamente! —decían todos—. ¡Qué estampados! ¡Qué colores! ¡Este sí que es un traje precioso!

El emperador se admiraba en el espejo mientras que los chambelanes se disponían a llevarle la cola mientras caminaba, extendiendo los brazos hacia delante porque no querían que nadie se diera cuenta de que no veían nada.

De esa guisa, el emperador desfiló en la procesión bajo el magnífico palio mientras que todo el mundo, por la calle y en las ventanas, decía:

—¡Oh, qué espléndido es el traje nuevo del emperador! ¡Y qué cola tan magnífica lleva! ¡Qué impresión más hermosa causa!

Nadie quería dar a entender que no veía nada, pues eso habría demostrado que no cumplía bien las tareas o que era tonto. Así que ningún otro traje del emperador había disfrutado de un éxito mayor.

—Pero ¡si no lleva nada! —gritó de repente un niño pequeño.

—Dios mío, es la voz de la inocencia —dijo el padre.

Y todos se pusieron a cuchichear sobre lo que el niño había señalado.

—¡No lleva nada! ¡Un niño dice que el emperador no lleva nada puesto!

—¡No lleva nada! ¡No lleva nada! —estalló al final todo el pueblo.

Entonces el emperador se estremeció porque le parecía que esa gente tenía razón. Aun así, creyó que era su obligación seguir desfilando hasta el final, por lo que tomó una actitud todavía más altiva y los chambelanes avanzaron sujetando la cola que no existía.

El patito feo

Ilustrado por Anne Defréville

Ay, pero qué día más bonito hacía en el campo! Era verano. Las espigas de trigo estaban amarillas, la avena verde, el heno apilado en la hierba, y la cigüeña caminaba sobre sus largas y rojas patas y hablaba la lengua egipcia que su madre le había enseñado.

Un viejo castillo rodeado de fosos donde crecían bardanas se alzaba a pleno sol.

El lugar era tan salvaje como la selva más intrincada y, justamente allí, una patita incubaba en el nido los huevos de los que pronto saldrían sus pequeños.

Un día, por fin los huevos se fueron abriendo. ¡Clac!, ¡clac!, se oía, y las yemas habían cobrado vida y asomaban la cabeza. Solo faltaba uno que tardó varios días.

—Este patito sí que es enorme —señaló la pata mientras conducía a toda la familia al corral.

A todos los patitos se les dio la bienvenida salvo al pobrecito que había salido el último. Era tan requetefeo que los demás patos, gallinas y aves de corral lo picotearon, empujaron y se burlaron de él.

Y ahí no acabó todo: los mismos hermanos y hermanas del pobre patito feo lo perseguían y le gritaban:

—¡Feo, más que feo, a ver si se te lleva el gato!

Y encima la madre añadía:

—¡Ojalá te pierda de vista!

Entonces llegó un día en que escapó por encima del seto y llegó a un gran pantano habitado por patos salvajes. Pasó allí la noche muy cansado y muy triste. Al día siguiente, tuvo que aprender a huir de los cazadores y sus feroces perros.

Sin embargo, eso no fue más que el comienzo de sus desventuras, pues todos los animales con quienes se cruzaba, todos sin excepción, lo despreciaban por ser feo. A menudo, incluso los hombres y sus hijos lo perseguían y amenazaban con un bastón.

Llegó el otoño y con él el frío, y luego el hielo. El patito feo no las tenía todas consigo...

Un anochecer, cuando el sol se ponía, cruzó el magnífico cielo una bandada de aves grandes y hermosas que volaban muy, muy alto, y el patito feo sintió una extraña impresión. Se puso a dar vueltas como una peonza en el agua, estiró varias veces el cuello hacia esas aves, y soltó un grito tan fuerte y tan raro que hasta él se asustó. ¡Oh! ¡Nunca olvidaría esos animales tan hermosos y felices! En cuanto dejó de verlos, se zambulló en el fondo del agua y cuando volvió a subir a la superficie estaba fuera de sí. ¡Desconocía el nombre de esas aves y su destino, pero las quería como nunca había querido a nadie! No estaba nada celoso: ¿cómo se le iba a ocurrir ser tan bello? Se habría conformado con que los patos hubieran soportado su presencia entre ellos... ¡Pobre patito feo!

El invierno que siguió fue glacial y el patito pasó un frío tremendo escondiéndose entre matorrales cubiertos por la nieve. Y qué invierno tan triste... Pero para animarse recordaba esas aves blancas y grandes que había visto bien arriba en el cielo.

Por fin, tras unos meses interminables, un buen día llegó la primavera. Y después de tanto frío, se produjo un estallido de flores y trinos. ¡La naturaleza volvía a la vida!

Y mientras el patito saboreaba tal bienestar, se acercaron tres hermosos cisnes batiendo las alas y nadando con gracia. Reconoció a las magníficas aves, que se pusieron a nadar a su lado y a acariciarlo con los picos.

Unos niños llegaron al jardín y arrojaron trozos de pan al agua, y el más pequeño preguntó sorprendido:

—¿Hay uno nuevo?

Y los otros contestaron encantados:

—¡Sí, hay un cisne nuevo!

Y aplaudieron y brincaron y corrieron a buscar a sus padres. Echaron al agua pan y torta, y todo el mundo dijo:

—El nuevo es el más hermoso. ¡Tan joven y tan bonito!

Y los cisnes mayores lo saludaban.

El joven cisne escondió cohibido la cabeza bajo el ala. ¡No sabía ni dónde estaba! Se sentía muy feliz; pero sin soberbia, pues un corazón bondadoso no conoce la arrogancia. ¡Recordaba lo mucho que le habían humillado y perseguido, y ahora decían que era la más bella de esas bellas aves! Y las lilas tendían sus ramas hacia él por encima del agua y el sol brillaba y le reconfortaba.

Entonces se ahuecaron sus plumas, alargó el fino cuello y con el corazón colmado de dicha exclamó:

—¡Nunca había soñado ser tan feliz cuando era un patito feo!

El jardinero y sus señores

Ilustrado por Bruno David

A dos kilómetros de la capital había una antigua casa solariega de muros gruesos, rodeada de torres y de aguilones.

La habitaba una rica familia de la más alta alcurnia, era la mejor y la más hermosa mansión de todos sus dominios.

Los señores de la casa tenían un diestro jardinero y resultaba todo un placer ver cómo prosperaba el jardín y el huerto. Junto al boj, esculpido como cúpula o pirámide, se alzaban dos viejos y potentes árboles casi siempre desnudos de hojas y donde, desde tiempo inmemorial, una multitud de grajos y cuervos bautizaba sus nidos gritando «¡Crac! ¡Crac! ¡Crac!».

Eso era todo el universo de Larsen, el jardinero.

Un día, los señores quisieron saber de dónde procedían las manzanas y las peras tan sabrosas que habían saboreado la noche anterior en casa de unos refinados amigos.

El jardinero conocía bien al frutero, pues era a él precisamente a quien vendía, en nombre de sus señores, los excedentes de la huerta.

Así que llegó a la ciudad y preguntó al compadre de dónde había obtenido esas manzanas y peras tan preciadas.

—¡Son de vuestro propio huerto! —respondió entonces el mercader de fruta, y mostró al jardinero la fruta que este no tardó en reconocer.

Larsen quedó encantado ante tal descubrimiento, se lo comunicó a sus señores de regreso a la mansión y estos le cubrieron de alabanzas.

Y cada día se sirvió a la mesa de los señores grandes cuencos de las soberbias manzanas y las espléndidas peras de su propia huerta.

Transcurrido un tiempo, los señores fueron invitados a cenar a palacio una noche.

Al día siguiente convocaron de nuevo al jardinero. Durante el banquete se habían servido unos melones exquisitos de los invernaderos de Su Majestad.

—Mi buen Larsen, tenéis que ir a ver al jardinero de palacio y adquirir unas semillas de esos melones deliciosos.

—Pero ¡si el jardinero de palacio utiliza nuestras propias semillas! —respondió feliz

y orgulloso Larsen. Y los señores, aunque en el fondo estaban muy contentos de disponer de un jardinero como Larsen, no quisieron halagarle demasiado.

—Con tal de que nuestro jardinero no se vuelva demasiado vanidoso... —se decían.

Pero sus temores carecían de fundamento: en lugar de enorgullecerse y de descansar en su buena fama, Larsen todavía trabajó más y con mayor esmero. Cada año se ocupaba de crear otra nueva obra maestra. Y casi siempre lo conseguía.

Un día llevó al salón una gran copa de cristal donde extendió una hoja de nenúfar y sobre ella, una espléndida flor azul.

—¡Es espléndida! —se asombraron los patrones—. Parece un loto del Indostán.

La flor provocó mucha agitación y los señores quisieron mostrarla a todos sus conocidos. En especial le gustó a la hija del rey, que quiso saber de dónde procedía.

Sin embargo, cuando preguntaron a Larsen qué era esa flor tan bella y singular, el jardinero respondió:

—Solo es una humilde flor de la huerta, pero ¿a que es hermosa? Semeja un cactus azul, mientras que tan solo es una flor de alcachofa.

—¡Cielo santo! ¡Una flor de alcachofa! —se sorprendieron los señores—. ¡Desgraciado, deberíais habérnoslo dicho antes! ¡Qué pensará la princesa! ¿Cómo se os ha ocurrido introducir en nuestras estancias una flor insignificante? Por vuestra culpa, hemos hecho el ridículo.

Los señores se precipitaron a presentar sus excusas a la princesa echando la culpa al jardinero que había tenido tal extraña idea y había recibido una severa reprimenda.

—Esto es un error y una injusticia —respondió la princesa—. ¡Cómo! Ha atraído nuestra mirada hacia una flor magnífica que no

sabíamos apreciar, nos ha hecho descubrir la belleza donde nosotros no nos dábamos cuenta y ¡ahora se le castiga por ello!

Y se pidió a Larsen que cada día llevara a palacio una flor de alcachofa. Y así lo hizo mientras duró la temporada.

Se elogió de nuevo al jardinero.

—¡Oh! ¡Alabanzas y lisonjas, eso es lo que a él le gusta! —dijeron los señores—. Es como un niño mimado.

En otoño, se produjo una terrible tormenta que arrancó de cuajo algunos grandes árboles. Por la mañana, los señores estaban copungidos. El jardinero no dijo nada, pero pensó que la maravillosa y soleada parcela de la que antes no había dispuesto iba a convertirse en el tesoro del jardín y la alegría de sus señores.

Y en el acto puso manos a la obra, plantó una mata de arbusto por ahí, unas plantas campestres por allí. Ponía tanto amor en sus cuidados que todo creía maravillosamente. Delante, alineados contra los hilos de hierro, se alzaban unos pequeños perales que con las atenciones y el sol no tardaron en dar unos frutos grandes y sabrosos.

En lugar de los viejos árboles deshojados, se alzó un gran mástil donde ondeaba una bandera roja y blanca. Según la antigua

costumbre, Larsen colgó en el mástil cuando llegó el invierno una gavilla de avena para que los pájaros del cielo tuvieran qué comer en Navidad.

—El buen Larsen se está volviendo un sentimental con los años —constataron los señores—. Pero sigue siendo fiel y entregado.

El primer día del nuevo año, apareció en una revista ilustrada de la ciudad vecina una imagen de la antigua casa solariega: se veía la bandera y la gavilla de avena para los pájaros. Y el artículo elogiaba esa hermosa idea de perpetuar de ese modo una vieja costumbre.

—Todo el mundo habla con admiración de cuanto hace Larsen —dijeron los señores—. ¡Es un hombre feliz! ¡Deberíamos de estar casi orgullosos de tenerlo a nuestro servicio!

Pero no estaban nada orgullosos. Sentían que eran los señores, que podían despedir a Larsen. No lo hicieron, eran buenas personas. Pero ese tipo de bondad no escasea, para fortuna de la gente como Larsen.

¡Y ya está! Aquí acaba el cuento de El jardinero y sus señores.

Y ahora, si queréis, podéis decir lo que opináis.

Pulgarcita

Ilustrado por Anaïs Rotteleur

Érase una vez una niña bonita y simpática a la que todos llamaban Pulgarcita, pues no era más alta que un pulgar. Había nacido en el corazón de un fantástico tulipán y dormía en la cáscara de una nuez lacada con colchón y sábanas de pétalos de violetas y rosas.

Una noche, mientras dormía tranquilamente en su delicada cama, una rana malvada que tenía un hijo casadero se apropió de la cáscara de nuez. Y ahí empezaron todas las desventuras de la niña. Para huir de un infeliz destino, Pulgarcita tuvo que salir corriendo y bajar a toda prisa el curso de un río en una hoja que la llevó lejos, muy lejos... luego emprendió el vuelo en la hoja.

Pulgarcita acabó su viaje en un bosque donde vivió solita todo el verano.

Trenzó un lecho de briznas de hierba, se alimentó del polen que recogía de las flores y bebía el rocío de la mañana.

Se sucedieron así los días hasta que llegó el otoño y más tarde el largo, largo invierno. Pulgarcita pasó un frío terrible, su ropa estaba deshilachada y ella era una niña pequeña y frágil.

Un ratón se apiadó de ella, le dio de comer y le ofreció refugio en su casa.

—Puedes permanecer este invierno en mi casa, pero tendrás que mantenerla limpia y contarme cuentos, pues me encantan.

Pulgarcita vivió con el ratón, cumpliendo sus deseos. Los meses siguieron a las semanas, hasta que un buen día:

—Pronto recibiremos la visita de mi vecino —anunció el ratón campestre.

Y así fue. El señor topo llegó poco después envuelto en su pelaje de terciopelo negro. Era rico y cultivado. Pidieron a Pulgarcita que le cantara una canción, y lo hizo tan bien que el topo se enamoró de ella a causa de su hermosa voz. Invitaba pues con frecuencia a Pulgarcita y al ratón, quienes le visitaban tras recorrer el largo pasillo que unía las dos viviendas.

Allí fue precisamente donde un día Pulgarcita descubrió por casualidad un pájaro que parecía muerto de frío. La niña no dijo nada, pero cuando los otros dos le dieron la espalda, se acuclilló, apartó las plumas que recubrían la cabeza de la golondrina y la besó en los ojos cerrados. Sin embargo, al instante se sobresaltó ya que oyó resonar algo en el interior del ave. Era el corazón de la golondrina. No estaba muerta, sino aterida de frío y el calor la había reanimado.

—Te doy las gracias, bondadosa niña —dijo el pájaro enfermo—, siento que me invade un agradable calor y pronto reuniré fuerzas de nuevo para volar junto a los cálidos rayos de sol.

Pulgarcita aumentó sus cuidados con la golondrina y en cuanto llegó la primavera y el sol calentó la tierra, esta, ya curada, se despidió de Pulgarcita, que abrió el agujero previsto en la cubierta de la galería. El sol brillaba por encima de ellas y la golondrina consiguió convencer a Pulgarcita de que la siguiera para huir del gélido invierno y de un triste casamiento con el topo.

—Pues sí, al final me voy contigo —decidió Pulgarcita, que al instante montó a lomos del pájaro, apoyando los pies en las alas extendidas.

—Ató con fuerza el cinturón en una de las plumas más grandes y la golondrina se elevó por los aires, por encima del bosque y del mar, y por encima de las montañas que todavía, todavía, seguían cubiertas de nieve.

Y por fin llegaron a los países cálidos.

La golondrina depositó a Pulgarcita sobre el amplio pétalo de una flor magnífica que solo crece en esos lugares, pero... ¡cuál no fue la sorpresa de la niña! Resulta que un hombrecillo estaba sentado en medio de la flor. En la cabeza llevaba una hermosa corona de oro y en la espalda tenía unas alas transparentes, y no era más alto que Pulgarcita. Era el ángel de la flor.

—Oh, qué guapo... —susurró Pulgarcita a la golondrina.

Cuando vio a la pequeña, el hombrecillo quedó cautivado: era la niña más bonita que jamás había visto. Se quitó la corona y la colocó sobre la cabeza de Pulgarcita, le preguntó a continuación

cómo se llamaba y si deseaba ser su esposa. ¡Se convertiría en la reina de todas las flores!

Ese sí que sería un marido bien distinto a la rana o al topo de pelaje de terciopelo negro. Así que Pulgarcita aceptó la proposición del encantador príncipe.

—No te llamarás Pulgarcita —le comunicó el ángel de la flor—, es un nombre feo para una niña hermosa. Te pondremos por nombre: Maya.

—¡Adiós, adiós! —se despidió la bondadosa golondrina, reemprendiendo el vuelo. Dejaba los países cálidos para ir muy lejos, hasta Dinamarca. Allí tenía su nido bajo la ventana de la casa del contador de cuentos.

La golondrina le dedicó su canto y el hombre escribió este cuento.

El sufrido soldadito de plomo

Ilustrado por Vincent Vigla

Había una vez veinticinco soldados de plomo; todos eran hermanos y todos habían nacido de una vieja cuchara de plomo: con el arma al hombro, la cabeza erguida y un uniforme rojo y azul que no estaba nada mal.

La primera palabra que escucharon en este mundo, cuando levantaron la tapa de la caja, fue: «¡Unos soldados de plomo!». Y fue un niño el que soltó ese grito mientras aplaudía. Se los habían regalado para su cumpleaños y enseguida los puso en fila sobre la mesa para contemplarlos.

Los soldados eran exactamente iguales, solo uno era un poco diferente: le faltaba una pierna, pues era el último que habían fundido y no quedaba suficiente plomo. No obstante, se aguantaba tan firme como los demás y fue justamente a él al que le sucedió esta singular historia.

En la mesa en que el niño había alineado los soldados había muchos otros juguetes. El conjunto era muy bonito, pero el juguete

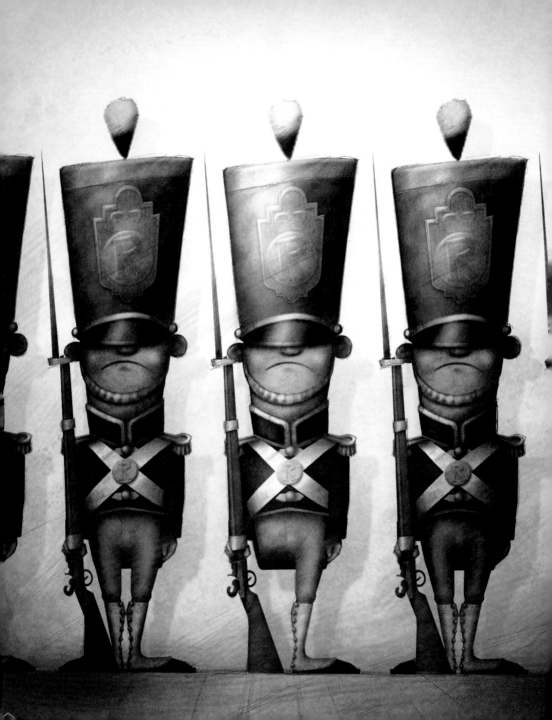

más encantador era una pequeña doncella en pie, delante del portal abierto de un castillo de cartón. También ella era un recorte de papel, pero llevaba una larga falda de algodón muy fino y claro, una estrecha banda azul alrededor de los hombros como si fuera un chal, en la cual resplandecía una lentejuela tan grande como su rostro. La muchacha estaba con los brazos alzados, pues era una bailarina, y elevaba una pierna tan arriba, que el soldado ni siquiera conseguía verla. Pensaba que la bailarina solo tenía, como él, una pierna.

«Esta es una mujer para mí —pensaba—, pero es de alta alcurnia y vive en un castillo, yo solo tengo una caja que comparto con veinticuatro más, no es un lugar digno de ella. De todos modos, intentaré hablarle.»

Se tendió cuan largo era detrás de una pitillera que había en la mesa. Desde ahí podía admirar sin molestia alguna a la exquisita doncella que se sostenía sobre una pierna sin perder el equilibrio.

Cuando llegó la noche, los demás soldados entraron en la caja y los habitantes de la casa se fueron a dormir. Entonces los juguetes se pusieron a jugar a ser médicos, soldados y bailarines.

Era una fiesta. Los dos únicos que no se movían eran el soldadito de plomo y la bailarina, ella siempre derecha sobre la punta del pie, con los dos brazos levantados; él firme sobre su única pierna. Ni por un segundo apartó la mirada de ella.

El reloj anunció la medianoche. Entonces, ¡clac!, la tapa de la pitillera se abrió. Dentro no había nada de tabaco (era un engaño), solo un pequeño diablo negro.

—Soldado de plomo —dijo el diablillo—, ¿quieres dejar de mirar?

Pero el soldadito fingió no haberlo oído.

—¡Ya verás mañana! —amenazó el diablillo.

A la mañana siguiente, cuando los niños se levantaron, colocaron al soldado junto a la ventana. De golpe —por acción del diablillo o por una corriente de aire— la ventana se abrió bruscamente, y el soldado cayó, de cabeza, desde el tercer piso. Aterrizó con la pierna al aire sobre el gorro y con la bayoneta clavada entre los adoquines.

La criada y el niño descendieron enseguida para buscarlo. Casi lo pisaron, pero no lo vieron.

La lluvia empezó a caer cada vez más fuerte, era una verdadera tormenta. Cuando amainó, llegaron dos niños.

—Mira —dijo uno de ellos—, un soldadito de plomo. Vamos a mandarle de viaje.

Con un papel de periódico hicieron un barco, colocaron al soldado en medio y lo pusieron en el agua que corría por la calle, mientras los niños saltaban y batían palmas a su lado. El barquito de papel subía, bajaba y daba vueltas sobre sí mismo aterrorizando al soldado de plomo, que, sufrido como era, permanecía sin rechistar y mirando al frente, con el arma al hombro.

De repente, el barco se metió bajo una ancha tabla que cubría el riachuelo. Estaba tan oscuro como dentro de la caja.

«¿Adónde voy a ir a parar? —pensaba—. Seguramente es por culpa del diablillo. ¡Qué rabia! Si al menos la bailarina se sentara a mi lado en el barco, no me importaría que estuviera el doble de oscuro.»

La corriente se volvió más y más fuerte. El soldado podía distinguir ya la claridad del día donde finalizaba la tabla, pero también oía un rugido que asustaba hasta al más valiente.

El riachuelo, al final de la plancha, desembocaba en un gran canal.

Estaba tan cerca que no había nada que pudiera pararlo. La embarcación giró dos o tres veces, se llenó de agua hasta los bordes y ya iba a naufragar. El soldado estaba con el agua al cuello y el barco se hundía paulatinamente, el papel se ablandaba cada vez más y el nivel del agua pronto estuvo por encima de la cabeza del navegante. Entonces pensó en la encantadora bailarina a la que no volvería a ver nunca más.

El papel se desgarró, el soldado cayó… pero justo en ese instante, un enorme pez se lo tragó.

Pescaron al pez, lo llevaron al mercado, lo vendieron, entró en una cocina y allí la sirvienta lo abrió con un cuchillo. Sacó con dos dedos al soldado del interior del cuerpo y lo llevó al salón, donde todo el mundo deseaba ver a un individuo tan notable, que había viajado en el vientre de un pez.

Pero el soldado no se sentía orgulloso.

Lo colocaron sobre la mesa…

Qué pequeño es el mundo… Se hallaba en el mismo salón donde había estado antes. Volvía a ver a todos sus conocidos, incluso a la delicada bailarina.

De repente, uno de los niños cogió al soldado y lo lanzó a la estufa sin motivo alguno, sin duda influido por el diablo de la pitillera.

El soldadito miraba a la bailarina y esta lo miraba a él. Sentía que se fundía, pero sufrido como era, permanecía en pie, el arma al hombro. Entonces la puerta se abrió, el viento empujó a la bailarina y, como una sílfide, voló directamente a la estufa, junto al soldado. Se inflamó… y desapareció. Entonces, el soldado se fundió, y cuando al día siguiente la sirvienta vació las cenizas encontró un corazoncito de plomo. De la bailarina solo quedó la lentejuela, ennegrecida por el fuego, negra como el carbón.

Los cisnes salvajes

Ilustrado por Quitterie de Castelbajac

En un lugar muy lejano vivía un rey que tenía once hijos y una hija que se llamaba Elisa.

El rey, que era viudo, volvió a casarse un día con una malvada reina, quien a partir de la semana que siguió a las bodas colocó a la pequeña Elisa en casa de unos campesinos lejos de la ciudad y dijo a los once pobres príncipes:

—¡Salid volando a ver el mundo como si fuerais pájaros!

Y fue de este modo como los once hermanos se convirtieron en once cisnes magníficos y salvajes.

Para Elisa, los días se sucedían tristes y monótonos y, cuando cumplió los quince años, por fin pudo regresar a su casa y volver

a ver a su padre. Sin embargo, cuando la reina comprobó lo hermosa que era, montó en una cólera tal que la condenó a un odio sin par.

Entonces se puso a frotarla con un licor de cáscara de nuez que le dio un sucio tono marrón, untó el rostro de la joven con un ungüento pútrido y le despeinó el cabello. Así, cuando su padre la vio, se quedó aterrado y no la reconoció.

La desdichada Elisa decidió, pues, escaparse del castillo. Pensaba en sus once hermanos para llenarse de valor. Anduvo durante todo el día por el bosque y cuando anocheció se tendió en un lecho de musgo. Elisa vagó durante días y días de este modo, hasta que una noche, cuando el sol estaba a punto de ponerse, vio volar once cisnes que llevaban coronas de oro en la cabeza. De repente, descendieron hacia ella batiendo sus grandes alas blancas. ¡Eran sus hermanos!

—Volamos como cisnes salvajes mientras el sol está en el cielo —dijo el mayor—, pero cuando se pone, adoptamos forma humana. Vivimos al otro lado del mar. El camino que allí conduce es largo, pero ahora que te hemos encontrado, te llevaremos con nosotros.

Pasaron toda la noche confeccionando una red con la corteza de abedul y unos resistentes juncos en la que Elisa se tendió. Y así pasaron varios días volando.

Elisa no dejaba de pensar en devolver la forma humana a sus hermanos. Por fin, una noche, el hada Morgana se apareció ante ella y le dijo:

—Puedes salvar a tus hermanos de esta manera: por la noche, ve por los cementerios, prensa las ortigas que encuentres y obtendrás lino. Con él tejerás once cotas de malla que arrojarás sobre los cisnes salvajes. Así recuperarán su forma humana. A cambio, no deberás pronunciar ni una sola palabra antes de haber concluido tu labor. Si lo haces, tus hermanos morirán.

Elisa obedeció al hada, empuñando las ortigas, que como un fuego ardiente le provocaba grandes ampollas y le escocía en las manos y los brazos.

Pasó días ocupada en esta tarea mientas los once cisnes volaban por el cielo.

De repente, una mañana, resonó en las montañas un cuerno de caza. Era un rey que cazaba por esas tierras.

Se aproximó a Elisa y la montó en su caballo, mientras le decía:

—Solo quiero tu felicidad y un día me agradecerás lo que
estoy haciendo.

El rey llevó a Elisa a su castillo, le regaló magníficas joyas
y las doncellas la cubrieron de sedas y tafetán. Por la noche, organi-
zó una fiesta en su honor y luego, al anochecer, abrió una pequeña
habitación que se parecía al lugar donde la había encontrado.
En el suelo había un fardo de lino y del techo colgaban las cotas
de malla concluidas.

—¡He aquí la labor en que te ocupabas! Ahora, en medio
de este lujo, te divertirá volver a pensar en esa época pasada.

Cuando Elisa vio aquello, besó la mano del rey, quien la estrechó
contra su corazón.

Los días pasaban y pronto acabaría la labor: solo faltaba una única
cota de malla. Tenía pues que volver una última vez al cementerio al
que con tanta frecuencia se había dirigido por la noche y coger unos
puñados de ortigas.

Al sonar la medianoche, Elisa se marchó a escondidas, pero el rey,
alertado por un ruido que había oído, la había seguido y cuando vio

a su tierna amiga coger ortigas de encima de las tumbas, se confundió y creyó que estaba hechizada. No le sobró tiempo al arzobispo que acompañaba al rey para convencerlo de que la joven era una bruja.

Llevaron a Elisa a una sombría y húmeda mazmorra, pero ella reanudó la tarea y trabajó todo el día. Al llegar la noche, un ala de cisne se agitaba contra los barrotes: era el más joven de los hermanos, que había recuperado a su querida hermana.

Elisa lloró, pero de alegría: su obra estaba casi concluida y sus hermanos estaban ahí.

Al despuntar el alba, arrojó a través de los barrotes las once cotas de malla sobre los cisnes y el rey y la corte vieron aparecer once apuestos príncipes.

—Ahora ya puedo hablar y voy a contarlo todo —dijo Elisa—. Soy inocente. Y relató toda su historia y cuando se casó en el castillo, el cortejo de bodas fue tan magnífico como jamás se había visto.

La familia feliz

Ilustrado por Anne Defréville

La hoja más verde de este país es, sin lugar a dudas, la hoja de la bardana. Si uno se la pone delante sobre la barriguita, es como un delantal y si se la coloca sobre la cabeza, cuando llueve, casi hace las veces de paraguas de lo grande que es. Una bardana nunca crece sola. No, ahí donde crece una, hay otras. Y eso es excelente, es el alimento perfecto de los caracoles, esos famosos caracoles blancos y grandes que la gente elegante comía antaño guisados en fricasé. ¡Una auténtica delicia!

Había en ese tiempo un viejo castillo donde ya no se comían caracoles porque todo el mundo se había muerto... Sin embargo, las bardanas, por su parte, estaban vivitas y coleando y lo invadían todo. Es ahí donde vivían los dos últimos caracoles, ambos de edad venerable. Ni siquiera ellos sabían cuándo habían nacido, pero recordaban muy bien que en una época eran muchos, que pertenecían a una familia procedente de un país extranjero y que todo el bosque había sido plantado expresamente para ellos. Nunca habían salido de

ahí, pero sabían que existía, desde

hacía muchos,

muchos años, un

castillo donde

se cocinaban

los caracoles

antes de colocarlos

sobre una bandeja de plata...

Los dos caracoles vivían felices y, como no tenían descendencia, habían recogido a un pequeño caracol corriente al que educaban como si fuera su propio hijo. Pero el pequeño no crecía pues, justamente, era de una especie corriente.

Un día cayó una fuerte lluvia.

—Esto está lleno de agua —señaló la madre caracol—. Qué contenta estoy de que tengamos nosotros, y también el pequeño, nuestro caparazón. Somos los más avanzados de todas las criaturas.
Ya se ve que somos los amos del mundo.

Y prosiguieron tranquilamente esta conversación al abrigo de las gotas y observando a su hijo con una mirada tierna.

—¡Mira! Hace tres días que se sube por ese tallo. ¡Me da dolor de cabeza verlo ahí en lo alto! —farfulló el padre caracol, cómodamente instalado en su caparazón.

—No hay que regañarlo —dijo la madre caracol—, sube con prudencia. Nos va a dar muchas alegrías. Además, no tenemos otros hijos. Por otra parte, ¿has pensado en ello? ¿Dónde vamos a encontrarle esposa? ¿Crees que más lejos, en el bosque de bardanas, podríamos encontrar una de nuestra especie?

—Creo que existen babosas negras sin caparazón, pero son vulgares y con muchas pretensiones. ¡En fin! Les diremos a las hormigas que se encarguen de eso, corren por todas partes como si tuvieran algo que hacer y seguramente se les ocurra una idea.

—Naturalmente, conocemos a la más bella de todas las mujeres —respondieron las hormigas—, pero mucho nos tememos que no sea de vuestra conveniencia, pues es una reina.

—No importa —dijeron los ancianos—. ¿Lleva caparazón?

—Caparazón no, pero tiene un castillo —respondieron las hormigas, un precioso castillo de hormigas con cien pasillos.

—Gracias —dijo la
madre caracol—, ¡nuestro
hijo no se marchará a
un hormiguero! Si no
tenéis nada mejor, encargaremos
a los mosquitos blancos que se
ocupen de esto, suelen volar
lejos haga sol o llueva, conocen
el bosque de bardanas tanto
por dentro como por fuera.

—Tenemos esposa para él
—afirmaron los mosquitos—.
A un centenar de pasos
de hombre de aquí, se
encuentra sobre un
grosellero espinoso una
jovencita caracol con
caparazón y en edad
casadera.

—Pues bien, que venga a conocer a nuestro hijo —dijeron los ancianos—. Él tiene un bosque de bardanas, ella solo un grosellero.

¡Dicho y hecho! Las bodas se celebraron. Seis luciérnagas brillaron lo que mejor que pudieron y todo transcurrió a la perfección. Los ancianos caracoles ofrecieron a los jóvenes todo el bosque de bardanas e insistieron, como siempre, en que era lo mejor que había en el mundo. Les prometieron que si se portaban bien y se multiplicaban, ellos y sus hijos llegarían un día al castillo donde los cocinarían y servirían en una bandeja de plata.

Y en cuanto hubieron pronunciado este discurso, los dos ancianos se metieron en sus caparazones y no ya salieron jamás. La joven pareja de caracoles reinó en el bosque y tuvo una numerosa descendencia, pero nunca fueron guisados ni depositados sobre una bandeja de plata. La pareja acabó pensando que el castillo se habría desmoronado con el paso del tiempo y que todos los seres humanos del mundo estaban muertos. Y entonces la lluvia cayó sobre las hojas de bardana dándoles un concierto de tamborileo, y el sol brilló para colorear las hojas de bardana en honor de los caracoles, y toda la familia fue la más feliz de todas las familias.

El baúl volador

Ilustrado por Raphaëlle Michaud

É rase una vez un mercader tan rico que podía pavimentar
toda la calle con monedas de plata, pero era también muy
avaro. Y entonces, un día, ¡catacroc!, la palmó.

Su hijo heredó todo el dinero, llevó un gran tren de vida
y disfrutó mucho: cada noche iba a un baile de disfraces y
hacía rebotar monedas de oro sobre la superficie del mar como
si fueran piedras. El dinero desaparecía tan deprisa que un día
ya no quedó más.

Sin embargo, todavía conservaba un baúl muy raro...
En cuanto se apretaba la cerradura, volaba. Así, a la de una,
a la de dos, apretó y ¡hopalá!, emprendió el vuelo. Voló tan alto
y se internó tanto entre las nubes que un día llegó al país de los
turcos. El aire era allí tan cristalino y los colores tan vivos
que en cuanto aterrizó fue a pasear. Una niñera se cruzó en
su camino.

—¡Eh, nodriza turca!, ¿de quién es ese gran castillo con
ventanas tan altas?

—Es ahí donde vive la hija del rey —respondió ella.

—Gracias —contestó el hijo del mercader.

Y se internó en el bosque, se metió en el baúl, voló por
encima de los tejados y se introdujo en casa de la princesa
a través de la ventana.

Tendida sobre un diván, la joven dormía. El hijo del mercader la besó y despertó así a la bella doncella. Y el temor de ella desapareció cuando él le declaró que era el dios de los turcos.

Se sentaron entonces uno al lado del otro y el joven le contó historias: sus ojos eran delicados lagos y su frente, una montaña de nieve espléndida... Él le pidió la mano y, locamente enamorada, la princesa de inmediato aceptó.

—Pero debéis venir aquí el sábado —dijo ella—, el rey y la reina estarán presentes. Guardaos de traer preparado un cuento muy bonito, pues a mis padres les encantan.

Y se separaron, pero antes la princesa le dio un sable y varias monedas de oro.

Él se marchó, fue a comprarse un traje nuevo y luego se sentó en el bosque para escribir el cuento y, el día acordado, se presentó en la corte.

El rey, la reina y todo su séquito tomaban el té en el castillo de la princesa.

—Así pues, ¿querríais contarnos una historia? —preguntó la reina amablemente.

Entonces, el joven empezó...

Érase una vez una caja de cerillas que estaban muy orgullosas de su tan elevado origen, pues el gran pino del que cada una de ellas procedía había sido un gran árbol del bosque. Las cerillas estaban ahora sobre la mesita, entre una lámpara y una vieja marmita de hierro que hablaban de su juventud.

—Mi destino ha sido muy diferente —decía la marmita de hierro—. Desde que llegué al mundo, me han restregado y puesto a hervir un montón de veces.

—Yo tengo ganas de bailar —anunció la tenaza. Y se puso a bailar.

Había llegado la hora de que se echara a cantar la tetera, pero se había enfriado y solo cantaba cuando estaba a punto de hervir...

—Me siento ofendido —dijo el cesto de la compra—. ¿Es esta la forma conveniente de pasar la velada? ¿No sería mejor volver a poner la casa en orden?

En ese momento, la puerta se abrió. Era la criada, y todos se quedaron mudos. Ninguno rechistó cuando cogió la caja de cerillas y las encendió. ¡Dios mío! ¡Cómo chisporroteaban y ardían!

«¿Acaso nadie cae en la cuenta ahora de que somos superiores a todos? —pensaban las cerillas—. ¡Qué destello, qué luz!, ¿a que sí?» Luego pfffffff... se apagaron.

—Es un cuento encantador —dijeron el rey y la reina—. Te daremos a nuestra hija.

La vigilia de las nupcias, se iluminó toda la ciudad. Se repartieron bizcochos y panecillos entre la muchedumbre y los niños de la calle gritaban «¡hurra!» y silbaban con los dedos. ¡Era magnífico!

«¡Venga, yo también voy a tener un detalle», pensó el hijo del mercader, y compró cohetes y todos los fuegos de artificio imaginables, los metió en el baúl, se alzó por encima de la ciudad y, desde el cielo, activó toda su carga.

¡Buf! ¡Qué cascadas y qué chisporroteos! ¡Y qué destellos!

Todos los turcos daban brincos, las pantuflas volaban por encima de sus cabezas y cuando el hijo del mercader se reunió con ellos confesaron que nunca antes habían visto semejantes meteoritos. ¡Resultaba evidente que era el dios de los turcos en persona quien se disponía a casarse con la princesa!

Y dado que la boda debía tener lugar al día siguiente, había llegado la hora de que el hijo del mercader volviera al bosque con objeto de prepararse para unirse con su amada. Pero una vez ahí, menudo jaleo se armó, una chispa había provocado

un incendio y el baúl se había convertido en cenizas. Ya no podía volar ni reunirse con su amada.

La pobre princesa permaneció todo el día esperándolo y puede que todavía lo espere.

Y él, claro está, recorre el mundo contando historias.

La moneda de plata

Ilustrado por Sébastien Chebret

Érase una vez una moneda que soñaba con recorrer el ancho mundo. Los niños la apretaban entre sus manos calientes y los avaros, entre sus manos frías y húmedas; los ancianos le daban una y más vueltas sin parar, mientras que los jóvenes de inmediato la ponían en circulación.

La moneda de plata había pasado todo un año en el país donde había sido acuñada, luego por fin viajó al extranjero. Había llegado lejos, muy lejos en el mundo, sin saber con exactitud dónde, aunque había oído decir a otras monedas que ellas eran francesas o italianas. Una decía que estaban en tal ciudad y una segunda, que en tal otra.

Un día se percató de que la bolsa en que se guarecía no estaba cerrada y se deslizó hasta la abertura para echar un vistazo alrededor.

No debería haberlo hecho, pero ¡era tan curiosa! No fue una buena idea: cayó al bolsillo del pantalón y de ahí al suelo. Nadie lo oyó ni nadie lo vio.

«¡Qué divertido ver mundo —pensó la moneda— y conocer a otra gente y otras costumbres!»

Pero no tardaron en recogerla y volvió a pasar de mano en mano. Pronto comprendió que ser una moneda desconocida en un país lejano podía ser peligroso...

—¿Qué es esta moneda? —decían—. No es de este país.

Qué rara. ¡Es falsa, no vale nada!

Hemos de intentar librarnos de ella...

Y la moneda temblaba entre los dedos cada vez que la entregaban furtivamente como si fuera de ese país.

Un día fue a parar a manos de una mujer muy pobre en pago de un duro trabajo y, como le resultaba imposible desembarazarse de ella, la moneda resultó una auténtica desgracia para la desdichada.

—Tengo que conseguir engañar a alguien con esto —dijo—. Carezco de medios para conservar una moneda falsa. Se la daré al panadero, que es rico.

Y la mujer se presentó en casa del rico panadero, pero este conocía demasiado bien las monedas en uso y no le dio pan por ella. Así que la infeliz mujer se llevó la moneda a casa. Pese a todo, la miraba con aire conmovido, dulce y amable.

—¡No, no engañaré a nadie contigo! —dijo—. Te haré un agujero para que todo el mundo vea que eres falsa.

Y le hizo un agujero, pasó a través de él un cordel y acto seguido la colgó al cuello de un niño pequeño que le sonreía. ¿Y si esa monedita le traía suerte?

Pero el niño, que a decir verdad era un tanto despreocupado, la perdió y durante años circuló de mano en mano y de casa en casa,

siempre criticada y siempre mal vista: nadie creía en ella y ella
no creía ni en sí misma ni en ningún otro. ¡Fue una época
tremenda!

Un día llegó un viajero al que, cómo no, pasaron la moneda.
El hombre fue lo suficiente ingenuo para aceptarla como si estuviera
en curso, pero enseguida quiso gastarla y la pobre moneda volvió
a escuchar, una vez más, los ya conocidos gritos:

—¡No vale nada! ¡Es falsa!

—A mí me la han dado como si fuera buena —dijo el
hombre mirando más de cerca la moneda.

Entonces, una ancha sonrisa se extendió por su rostro.

—Pero si eres una de las monedas de nuestro país —observó—.
Te han hecho un agujero y dicen que eres falsa. ¡Esto es muy
divertido! Te quedarás conmigo y te llevaré a casa.

La moneda se estremeció de alegría: la consideraban auténtica y
volvería a casa donde todo el mundo la reconocería y sabría que era
buena. De buen grado se habría puesto a tintinear de alegría, pero
tintinear no era algo propio de su naturaleza, sí de la del acero, pero
no de la de la plata.

¡Y regresó a su país! Había concluido toda su miseria y comenzaba la alegría. Era de plata buena y estaba bien acuñada, y que llevara un agujero como una moneda falsa no la perjudicaba en absoluto: ¡eso no importa cuando uno es auténtico! Hay que resistir y el tiempo pone las cosas en su lugar.

La historia de la moneda de plata ha terminado, pero, un día, si oís tintinear una moneda con un agujerito en medio, mirad bien antes de sacárosla de encima.

La Reina de las Nieves

Cuento en 3 partes

Ilustrado por Sandrine Morgan

1

É rase una vez un brujo malísimo que estaba muy contento porque había fabricado un espejo embrujado: al mirar a través de él, todo lo que era bueno y bondadoso se convertía en feo y despreciable y todo lo que era malo se convertía en aún peor...

El brujo volaba con su espejo por el mundo y cuanto más alto volaba, más se reía, pues se burlaba de los ángeles del cielo. Cada vez volaba más alto, hasta que un día se acercó tanto a los ángeles que el espejo se puso a temblar. Y de tal modo tembló, que de repente se rompió en añicos que cayeron sobre la Tierra. Enton-

ces el espejo todavía se volvió
más peligroso que antes. Algunos fragmentos no más grandes
que un grano de arena
revoloteaban por el mundo
y si por desgracia iban a parar
al ojo de una persona, esta
solo veía el lado malo de las
cosas. Hubo, incluso, quien
tuvo la mala suerte de que un
pedacito cayera en su corazón.
Eso era horrible, pues el
corazón se les volvía tan frío
y duro como un témpano...

El brujo estaba la mar
de contento de esa mala
jugada, pues los pedazos de
espejo seguían flotando en el
cielo causando la desdicha

entre la gente.

Pero esta historia no acaba aquí, escuchad con atención.

En una gran ciudad había un niño que se llamaba Kay y una niña que se llamaba Gerda. No eran hermanos pero se querían tanto como si lo fueran. Vivían en dos casas vecinas y en cada una de ellas sus padres habían plantado un magnífico rosal que crecía delante de la ventana. Los dos rosales habían acabado por entrelazarse y ambos niños estaban encantados con ese arco de flores que se elevaba como una cubierta sobre sus cabezas.

En verano, de un salto llegaba uno a casa del otro. En invierno, se ponían al abrigo y la abuela les contaba cuentos. Su favorito era el de la terrible Reina de las Nieves que vive en las nubes negras y reina sobre los copos que revolotean ante la ventana.

—Como venga —decía el pequeño Kay—, la pondré en una sartén caliente y enseguida se fundirá.

Una noche de verano, Kay y Gerda estaban mirando un libro de ilustraciones bajo el rosal. El reloj dio las cinco cuando Kay se lamentó:

—¡Ay! He sentido un pinchazo en el corazón y en el ojo.

La niña le cogió por el cuello, él parpadeó y no, no se veía nada en el ojo.

—Creo que ya se ha ido —dijo el niño.

Pero no era así. En el cuerpo de Kay habían entrado fragmentos del espejo embrujado, ese horroroso espejo que convertía todo lo que era espléndido y hermoso en mediocre y feo, mientras que el menor defecto adquiría una importancia enorme. Un pedazo había alcanzado justo el corazón, que no tardaría en volverse frío como un témpano. Aunque no sentía dolor, el mal ya estaba hecho.

El niño prosiguió hablando con Gerda en un tono malvado:

—¡Qué fea y mala eres! ¡Y estas rosas son horribles, crecen de lado!

Y empezó a arrancar rosas bajo la mirada asustada de Gerda.

—Pero ¿qué haces, Kay? —gritó la niña.

Y cuando el niño vio el espanto de Gerda, arrancó una rosa más y se marchó a todo correr por la ventana.

En lo sucesivo, no lograron volver a jugar como antes. Kay siempre lo criticaba todo. Cuando ella llevaba el libro de ilustraciones, el niño decía que eso era cosa de bebés. No tardó en ponerse a imitar a toda la gente de la calle para burlarse de ella, incluso de la amable abuela. Y hasta se metía con la pobre Gerda, que aun así lo amaba con todo su corazón. Los juegos de Kay cambiaron totalmente, se hicieron mucho más reflexivos. Se empezó a decir:

«¡Qué chico tan inteligente!».

Sin embargo, era el polvo del espejo que se le había metido en el ojo y el fragmento que llevaba en el corazón la causa de su cambio.

Poco tiempo después, Kay aprovechó un día glacial para jugar con su trineo. Los muchachos más audaces de la ciudad solían atar su trineo al coche de un campesino para que este los arrastrara un buen trecho. Era muy divertido. Ese día llegó un gran trineo pintado de blanco en el que se hallaba sentada una persona toda cubierta de un espeso manto blanco. El trineo dio dos vueltas a la plaza y Kay pudo

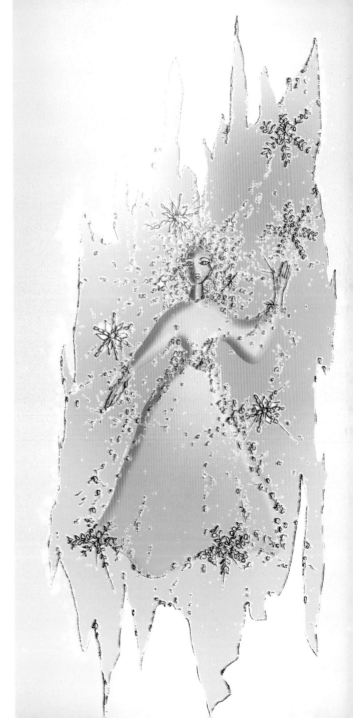

engancharse a él con su pequeño trineo. Pero cada vez iban más deprisa... Cada vez que Kay intentaba desprenderse del trineo blanco, la persona que lo conducía hacia una señal y Kay no se movía. Pronto abandonaron la ciudad y prosiguieron su

desenfrenada carrera. La nieve caía con tanta intensidad que el niño no veía lo que tenía delante y, aunque probaba a desenganchar el trineo, no lo conseguía. Entonces empezó a gritar, pero nadie lo oía, la nieve lo azotaba, el trineo volaba, a veces daba un salto como si

cruzara sobre un abismo. De repente el gran trineo se detuvo a un lado y el conductor se levantó. Era una gran dama, delgada y reluciente:

¡La Reina de las Nieves! Puso a Kay a su lado en el gran trineo y lo envolvió con su manto de nieve. Al niño le pareció estar cayendo en un pozo glacial.

—¿Todavía tienes frío? —preguntó la dama besándole en la frente.

Su beso era más frío que el hielo y penetró hasta el corazón del niño. Por un instante, creyó morir, pero luego se sintió mejor.

La Reina de las Nieves depositó otro beso más en la frente de Kay y entonces él se olvidó de todo, se olvidó de Gerda, de la abuela y de toda su familia, solo veía a la Reina de las Nieves. Era tan hermosa que el niño no podía imaginar otro rostro más encantador. Ella le sonreía…Volaron por encima de bosques y lagos.

Más abajo soplaba el viento y la nieve relucía.

Al día siguiente, por la mañana, Kay dormía a los pies de la Reina de las Nieves.

2

En el pueblo nadie sabía dónde se había metido Kay. Se derramaron lágrimas por su ausencia y la pequeña Gerda lloró largo y tendido. Se decía que había muerto, que había caído en el río que corría junto a la ciudad. Los días de ese invierno fueron largos y tristes. Por fin llegaron la primavera y el sol.

—Kay está muerto y desaparecido —decía la pequeña Gerda.

—No creemos que así sea —respondían los rayos de sol.

—Está muerto y desaparecido —dijo a las golondrinas.

—No creemos que así sea —respondían ellas.

Al final, tampoco la pequeña Gerda se lo creía.

«Voy a ver al río —pensó la niña—, le pediré que me devuelva a Kay si es que se ha ahogado allí.»

Y se marchó al río. Le ofreció sus zapatos rojos más bonitos para que le devolviera al pequeño Kay, pero el río no tenía a su amigo. Preguntó luego a las flores del campo que tan bien conocía. Las flores le contaron cada una su historia, pero todas ignoraban dónde estaba su querido Kay. Entonces Gerda prosiguió su marcha; sin embargo, había perdido tanto tiempo escuchando a las flores que el otoño ya había llegado. Alrededor todo era frío y hostil, las largas hojas del sauce estaban amarillas y la neblina se suspendía de ellas, que iban cayendo una tras otra. ¡Oh! Todo era gris y triste en el ancho mundo.

Un día que estaba sentada en el suelo, agotada de tanto caminar, una gran corneja se detuvo junto a ella y le preguntó

adónde iba. Gerda contó toda su vida a la corneja y le preguntó si no había visto a Kay. El ave inclinó la cabeza pensativa.

—Pues sí, tal vez... —respondió la corneja—. Conozco a uno que bien podría ser Kay, pero seguramente te habrá olvidado a causa de la princesa.

—¿La princesa? —preguntó Gerda sorprendida.

—Sí, mira, en este reino vive una princesa muy inteligente. Lo sé por mi prometida, que está domesticada y se pasea libremente por el castillo. Cuando la princesa quiso casarse, buscó a un marido que tuviera una inteligencia similar a la suya. Si bien no le faltaban pretendientes, todos se quedaban mudos ante ella y ninguno era de su conveniencia. Un día, sin embargo, llegó un jovencito cuyos ojos brillaban como los tuyos. Iba humildemente vestido, pero era decidido y encantador, y enseguida le gustó a la princesa.

—Era él, era Kay —exclamó Gerda—, era tan inteligente... ¡Por favor, llévame al castillo!

—No creas que se puede entrar tan fácilmente —respondió la corneja—, te ayudaré de buen grado. Hablaré con mi prometida y ella sabrá qué aconsejarnos.

La corneja y Gerda se fueron al castillo al caer la noche
y entraron por una puertecita que había quedado abierta.
En la escalera los esperaba la corneja domesticada.

Los tres recorrieron los pasillos en penumbra del palacio
adormecido. Las salas se sucedían a cual más bella: era impresionan-
te... Por fin llegaron al dormitorio. Había allí dos camas,
la de la princesa y aquella en que Gerda debía buscar al pequeño Kay.
Se acercó y distinguió unos cabellos oscuros...

—¡Es Kay! —gritó.

Al sonido de estas palabras, el muchacho despertó, volvió
la cabeza hacia ella... pero no era el niño. Entonces Gerda
se puso a llorar y contó su historia al príncipe y la princesa.

—¡Pobre niña! —se lamentaron los dos emocionados.

La dejaron descansar y quedarse en el castillo.

Pero al día siguiente Gerda ya quería salir en busca de Kay.
Entonces le dieron unos pequeños botines, un manguito y una
carroza de oro tirada por cuatro caballos. La corneja del bosque
la acompañó durante tres leguas sentada a su lado.

—¡Adiós! ¡Adiós! —la despidieron el príncipe y la princesa.

Gerda lloraba, la
corneja lloraba y así
transcurrieron las primeras
leguas, después también
la corneja se despidió
y se separaron con
mucha tristeza. El ave
voló a un árbol y batió
sus alas negras hasta
que el vehículo, que
brillaba como el mismo
sol, se perdió de vista.

Sin embargo,
en pleno corazón
del sombrío bosque,
la magnificencia
de la carroza atrajo la
atención de una banda
de salteadores.

—¡Oro! ¡Oro! —gritaron.

Abalanzándose sobre los caballos, mataron al cochero y a los lacayos y capturaron a Gerda.

—A esta la alimentan con bizcocho —observó una vieja bandolera—. ¡Debe de estar deliciosa!

Después exclamó de repente.

—¡Ay! ¡Uy!

Su propia hijita, que cargaba a sus espaldas, la había mordido en la oreja.

—¡No le hagas daño! —dijo la hija de los bandoleros—. Voy a tocar su vestido.

Cogió a Gerda por la cintura y le dijo:

—Mientras no me enfade contigo, no te matarán. ¡Seguramente eres una princesa!

—No —respondió la pequeña Gerda. Y le contó lo que le había sucedido.

La niña se hizo muy amiga de Gerda. La condujo al castillo de los salteadores y le presentó a sus amigos animales, que formaron un corro alrededor de las niñas para escuchar su historia.

Cuando Gerda hubo concluido, las palomas torcaces dijeron:

—¡Cucucurrú! ¡Cucucurrú! Hemos visto al pequeño Kay. Está en casa de la Reina de las Nieves, que tiene su tienda de verano en Laponia.

La hija de los bandoleros se dirigió entonces a su gran reno:

—¿Has oído? —dijo—. Las palomas viajeras aseguran haber vito a Kay en Laponia. ¿Sabes dónde está Laponia?

—¿Quién iba a saberlo mejor que yo? —respondió el animal con ojos centelleantes—. Es ahí donde nací, donde he jugado y brincado por sus campos nevados.

—Serás tú quien lleve a Gerda hasta allí —concluyó la hija de los bandoleros.

El reno aceptó con alegría.

—Aquí tienes las manoplas de mi madre —prosiguió la hija de los bandoleros volviéndose hacia Gerda—. Con ellas no pasarás frío. Pero me quedo con el manguito, es demasiado bonito.

La pequeña Gerda extendió las manos con las manoplas hacia la hija de los bandoleros para decirle adiós. Y el reno salió veloz por encima de matorrales y tocones, a través del gran bosque.

3

Tras galopar noche y día llegaron a Laponia. Poco después se detuvieron junto a una mísera casa. Vivía allí una anciana lapona que cocinaba pescado sobre una lámpara de aceite de bacalao. El reno le contó toda la historia de Gerda, pues la niña estaba tan aterida de frío que ni siquiera era capaz de hablar.

—¡Ay, infelices! —exclamó la mujer—. Todavía tenéis que llegar a Finmark, es ahí donde se encuentra la Reina de las Nieves que tiene cautivo a Kay para ella sola.

Y escribió algunas palabras sobre el bacalao seco al tiempo que decía:

—Llevaréis esta nota a la finlandesa que vive ahí, ella os informará mejor que yo.

¡Pfiu! ¡Pfiu! En el aire surgieron unas delicadas auroras boreales y llegaron a Finmark en un abrir y cerrar de ojos.

Una vez ahí, golpearon en la chimenea de la finlandesa, pues no tenía puerta.

La mujer les brindó su hospitalidad y leyó lo que estaba escrito sobre el bacalao seco.

—En efecto, el pequeño Kay está en casa de la Reina de las Nieves —les informó—. ¡Y el muy desdichado cree que está en el mejor rincón del mundo! Es a causa del fragmento de espejo que impactó en su corazón y del polvo de cristal que se le metió en el ojo. Hay que librarlo de ellos o nunca será un hombre libre y la Reina de las Nieves seguirá ejerciendo sobre él sus poderes.

—Pero ¿no podrías dar de beber a Gerda una pócima que le otorgue un poder mágico sobre todo eso? —preguntó el reno.

—No puedo darle un poder más grande que el que ya posee. ¿Acaso no ves lo grande que es, no ves que tanto hombres como animales se ven obligados a servirla, cómo ha conseguido recorrer el mundo descalza? Su poder reside en su corazón de niña inocente y buena. Escucha más bien cómo ayudarla: a diez leguas de aquí comienza el jardín de la Reina de las Nieves.

Deja a la niña cerca de un gran matorral de bayas rojas, no pierdas el tiempo hablando, y regresa velozmente.

Y la mujer cogió a la pequeña Gerda para subirla al reno, que partió volando.

—¡Ay, no tengo ni los botines ni las manoplas! —gritó la niña notando el frío punzante.

El reno no osaba detenerse, corría y corría, y pronto llegó al matorral de bayas rojas. Dejó allí a Gerda y se apresuró en volver lo antes posible.

Pobre Gerda, ¡sin zapatos y sin guantes en medio del terrible frío de Finmark! Tenía tanto frío que parecía como si una auténtica humareda saliera de su boca al respirar. El vaho se transformó entonces en unos angelitos luminosos, con cascos en la cabeza, una lanza y un escudo en las manos. Cada vez se hicieron más numerosos y pronto formaron una legión alrededor de ella. Combatían los copos de nieve que amenazaban a Gerda y la palmeaban en los pies y las manos, de modo que no tardó en dejar de sentir frío y llegó rápidamente al castillo.

Allí los muros estaban construidos de polvo de nieve y las ventanas y las puertas, de vientos hostiles. Había más de veinte salas formadas por remolinos de nieve. No había diversiones ni ningún juego en los que se aplaudiera al vencedor. Los salones de la Reina de las Nieves estaban desiertos y fríos.

En el centro de todas esas salas había un lago helado y, en medio del lago, tenía su sede la Reina de las Nieves.

El pequeño Kay estaba azul de frío, pero no se daba cuenta porque el beso de la Reina de las Nieves no le permitía tener sensaciones. El corazón del niño era un témpano de hielo.

Gerda penetró en el salón vacío y congelado... Entonces vio a Kay, lo reconoció, saltó a su cuello y lo estrechó contra ella gritando:

—¡Kay, querido Kay, por fin te he encontrado!

Pero él permanecía inmóvil y frío.

Gerda empezó entonces a derramar unas lágrimas cálidas que cayeron sobre el pecho del muchacho, alcanzaron su corazón y fundieron el bloque de hielo. El fragmento de espejo que estaba ahí alojado desapareció.

Kay la miró a su vez y lloró tanto que el polvo de vidrio se desprendió de sus ojos.

Reconoció a Gerda y se llenó de alegría.

—¡Gerda, querida Gerda! ¿Dónde estabas todo este tiempo? ¿Y dónde me encuentro yo? ¡Qué frío hace aquí! ¡Qué grande y solitario es esto!

Ambos reían y lloraban de contento. ¡Y ya podía acercarse la Reina de las Nieves, que se había quedado sin poderes!

Los dos niños anduvieron mucho tiempo para regresar a su casa. Y, tras dejar el reno a la anciana de Laponia, cruzaron muchas estaciones y por fin llegaron a su ciudad y a su querido hogar.

No obstante, en el momento en que pasaron por la puerta... se dieron cuenta de que se habían convertido en adultos. Habían olvidado, como si fuera una pesadilla, la frialdad y el vacío esplendor del castillo de la Reina de las Nieves.

Estaban ahí sentados, en el benévolo verano, como dos personas mayores, pero conservando aún el corazón de cuando eran niños.

Los cinco guisantes de una vaina

Ilustrado por Estelle Chandelier

Había una vez cinco guisantes en una vaina. Eran verdes, su vaina era verde e, ingenuamente, se creían que el mundo entero ¡era verde!

La vaina crecía, los guisantes engordaban y se mantenían en fila... El sol brillaba en el exterior y caldeaba la vaina. El tiempo era agradable y hacía calor, los días eran claros y las noches sombrías, como es debido, y los guisantes se hicieron grandes y con ello más reflexivos.

—¿Acaso nunca saldré de aquí? —preguntó uno de ellos—. Me parece que fuera hay otras cosas, tengo esa impresión.

Las semanas pasaron, los guisantes amarillearon y también la vaina.

—El mundo entero se está poniendo amarillo —dijeron los guisantes.

De repente notaron una sacudida. Una mano vigorosa arrancó la vaina para juntarla con otras en el fondo del bolsillo de una chaqueta...

Entonces aguardaron, pacientemente, hasta el día en que... ¡crac!

Abrieron la vaina y los cinco guisantes rodaron fuera, al sol, y esta vez los recogió la mano de un niño, que no cabía en sí de contento porque quería probarlos en su pequeño fusil de juguete.

—¡Y hop! ¡Mira por donde me lanzo al ancho mundo! —dijo uno de los guisantes.

Y desapareció...

—Yo —dijo el segundo—me lanzo directo al sol, ese sí es un buen lugar y me gusta.

Y dicho esto desapareció.

—A donde llego, duermo —dijeron los demás—, pero todavía rodaremos.

Y rodaron y rodaron sobre el suelo antes de terminar su carrera en el fusil, donde también acabaron entrando.

—¡Somos nosotros los que llegaremos más lejos!

—Pasará lo que tenga que pasar —sentenció el último guisante.

Entonces lo dispararon y fue propulsado hasta la vieja tabla que había bajo la ventana de una buhardilla, justo en una grieta

rodeada de musgo y humus, y el musgo lo rodeó. Se quedó allí escondido y bien protegido.

—Pasará lo que tenga que pasar —concluyó.

En la pequeña buhardilla vivía una pobre mujer, fuerte y valerosa, que se pasaba el tiempo trabajando duramente y cuidaba de su hija, frágil y enfermiza. Había permanecido todo un año en cama y parecía incapaz ni de vivir ni de morir.

Una mañana temprano, durante la primavera, en el momento en que su madre se disponía a salir a trabajar, el sol iluminó delicadamente la ventanita y atrajo la atención de la niña enferma.

—¿Qué es eso verde que crece cerca del cristal y que se agita al viento?

La madre se dirigió a la ventana y la entreabrió.

—Vaya —dijo—, es un guisante que ha crecido con sus hojas verdes. ¿Cómo habrá llegado hasta aquí? Qué misterio... En cualquier caso, ahora tienes un jardín que contemplar.

Esa misma noche, la niña anunció:

—Madre, creo que me siento mejor. El sol me ha dado su calor. Seguro que me voy a sentir tan bien como el pequeño guisante y voy a levantarme y salir de aquí. La madre, que no daba mucho crédito, colocó de todos modos una vara junto al pequeño

brote para que el viento no quebrara la planta. Luego ató una cuerda a la viga y al marco de la ventana para que el tallo pudiera trepar por él. Todos los días se confirmaba que el guisante crecía.

Y a medida que éste crecía, la niña parecía ir recuperando poco a poco la salud y miraba con ojos relucientes su pequeño jardín de guisantes de un único guisante.

Un día, incluso consiguió, por primera vez, permanecer de pie durante más de una hora e, inclinando la cabeza, besó dulcemente los finos pétalos de la flor del guisante. Y ese día fue como un día de fiesta.

—Este guisante convertido en planta ha sido como un milagro en esta casa, nos ha dado esperanza y alegría —dijo la madre, sonriendo tiernamente a su hija.

Pero... ¿y los demás guisantes?, preguntaréis.

Pues bien, el que se habían lanzando al ancho mundo cayó en el canalón y llegó al buche de una ploma, donde se quedó como Jonás en el vientre de la ballena. Los dos perezosos llegaron también lejos y acabaron igualmente como alimento de las palomas, lo que es una forma, asimismo, de acabar siendo útiles. En cuanto al cuarto guisante, el que quería subir hasta el sol..., pues ese cayó en un arroyo y durante semanas permaneció en el agua burbujeante y se hinchó mucho.

—Me estoy poniendo la mar de hermoso —observó—. Acabaré por estallar. Creo que ningún guisante habrá llegado más lejos que yo. ¿A que soy el más importante de los cinco de la vaina?

Y el arroyo le dio la razón gorjeando.

La vendedora de cerillas

Ilustrado por Quitterie de Castelbajac

Hacía un frío terrible, nevaba y empezaba a oscurecer. Era la última noche del año, la noche antes de que empezara el Año Nuevo.

En medio de ese frío y esa oscuridad, una niña caminaba por la calle con los piececitos azules por culpa del frío. En un viejo delantal guardaba algunas cerillas y, mientras andaba, sostenía una caja en las manos. En todo el día, nadie le había comprado ninguna, nadie le había dado ni un céntimo. Tenía hambre, estaba congelada y su aspecto era lamentable. ¡Pobre niñita! Los copos de nieve caían sobre sus largos cabellos dorados, que se rizaban delicadamente sobre su cuello, pero ella no pensaba en ese detalle. En todas las ventanas resplandecían las luces y un delicioso olor a oca asada se propagaba por la calle, pues era Noche Vieja. En eso sí que pensaba.

En un rincón entre dos casas, se sentó y se acurrucó encogiéndose de piernas; pero todavía tenía frío. Tampoco se atrevía a volver a

casa, pues no había vendido cerillas y no tenía
dinero y su padre la zurraría. Además, también
hacía frío en su casa, pues no tenían más que
una cubierta y el viento entraba en el interior
pese a la paja y los trapos que bloqueaban las
grietas más grandes.

Casi no sentía las manitas por el
frío. ¡Ay, cuánto bien le haría una
pequeña cerilla! Si se atrevía a
sacar una de la caja y frotarla
contra el muro, le calentaría los dedos...

Sacó una y ¡pfu! ¡Cómo surgía el fuego, cómo
ardía! Fue una llama cálida y clara, como una luce-
cita que su mano envolvía. ¡Qué luz tan extraña!

A la niña le pareció que estaba sentada delante de una gran estufa de hierro con botones
y tiro de cobre. Ardía un acogedor fuego que
calentaba muy bien. La niña ya estaba a punto
de extender los pies para caldearlos también

cuando la llama se apagó. La estufa desapareció y la niña se quedó con el extremo de la cerilla quemada en la mano.

Frotó una segunda cerilla, la pequeña vio el interior de una sala donde la mesa estaba servida. Humeaba una oca asada, rellena de ciruelas y manzanas y, de repente —lo que todavía era más magnífico—, la oca saltó del plato, caminó por el suelo y se acercó a la niña pobre... Entonces la cerilla se apagó y solo quedó el grueso y gris muro.

Encendió una cerilla más. Se hallaba sentada a los pies de un fabuloso árbol de Navidad. Miles de luces brillaban en sus ramas verdes y unas imágenes abigarradas, como las que adornan los escaparates de las tiendas, la miraban. La pequeña levantó las manos... y la cerilla se apagó. Las numerosas luces de Navidad subieron cada vez más alto y la niña vio que se habían convertido en estrellas titilantes. Una de ellas se desplazó y trazó una larga y luminosa línea en el cielo.

«Esa es una que muere —pensó la niña, pues su anciana abuela, la única persona que se había portado bien con ella pero que ahora estaba muerta, le había contado: "Cuando una estrella cae, un alma se eleva en busca de Dios".»

Frotó una cerilla más contra el muro y se extendió un resplandor en medio del cual se encontraba la anciana abuela nítida, brillante, dulce y cariñosa.

—¡Abuela! —gritó la pequeña—. ¡Oh, llévame contigo! Sé que cuando se apague la cerilla te habrás ido, ¡como la estufa caliente, la deliciosa oca asada y el gran árbol bendito de Navidad!

Y frotó a toda prisa el resto de las cerillas que había en la caja y estas brillaron con tal resplandor que había más luz que a pleno día. Jamás su abuela había sido tan hermosa y magnífica. Cogió a la niña en sus brazos y las dos alzaron el vuelo alegre y majestuosamente, arriba, muy arriba. Y allí no existía el frío ni el hambre ni la preocupación... Estaban en el cielo.

Y en el rincón entre las casas, en el frío de la mañana, la niña estaba sentada con las mejillas rosadas y una sonrisa en la boca... muerta, congelada, en la última noche del viejo año, cerca de la

caja de cerillas,

que casi habían ardido

por completo. Decían

que había querido calentarse.

Nadie supo las cosas hermosas

que había visto ni tampoco con qué esplendor ella

y su abuela habían entrado en el alegre Año Nuevo.

El sapo

Ilustrado por Anaïs Rotteleur

Había una vez un pozo tan profundo que el sol jamás se reflejaba en sus aguas por muy claras que éstas fuesen. Era allí donde habitaba una familia de sapos, que compartía vivienda con sus primas lejanas, las ranas verdes.

Las jóvenes ranas verdes encontraban que los sapos viejos
eran la mar de feos, y sus hijos, para ser sinceros, también.

—Es posible —replicaba la madre sapo—, pero uno de ellos
tiene una piedra preciosa en la cabeza y, vete a saber, ¡puede que
yo también la tenga!

¡Y todos la creían! Algunos hasta sentían celos.

Solo al sapo más pequeño le daba igual ese asunto.
Su único deseo era alcanzar el brocal del pozo para ver lo que
ocurría por ahí fuera.

Un día que el niño de la granja sacaba agua, se asustó al ver
el sapo que había subido con el cubo:

—¡Puaj, qué horror! —exclamó—. ¡Es el sapo más feo que
he visto en mi vida!

Y con el zueco propinó una patada al sapo, que cayó en medio
de unas altas ortigas.

—Aquí se está mucho mejor que ahí abajo —dijo entonces
el sapo sin desanimarse—. ¡Dan ganas de quedarse aquí para siempre!

Se quedó una hora y dos más. Pasó ocho días cerca de una cuneta,
donde nunca le faltaba comida. El noveno día, ya aburrido, pensó:

«¡Vayamos más lejos!».

Y se puso en camino.

Una noche llegó a un campo junto a una gran charca llena de juncos y se acercó a descansar. Contempló brillar las estrellas y relucir la luna nueva, luego vio salir el sol y cómo subía cada vez más alto.

Y al día siguiente, tras pasar la noche bajo el inmenso cielo, llegó donde habitaban los seres humanos. Había allí jardines, huertos e incluso un corral.

—¡Cuántas criaturas distintas! ¡Y qué grande y maravilloso es el mundo! Pero hay que observar todo lo que nos rodea y no permanecer en el mismo sitio.

Siguió avanzando, divisó una granja y echó un vistazo.

El padre cigüeña estaba en su nido, sobre el tejado de la casa del campesino, y piaba con la madre cigüeña.

«¡Qué arriba viven! —pensó—. ¡Ojalá pudiera yo llegar tan alto!»

Luego, con esos ojos saltones de sapo curioso, contempló atentamente la casa del campesino.

Vivían ahí dos estudiantes: uno era poeta y recitaba versos cortos, claros y solemnes; el otro era naturalista, quería conocerlo todo a fondo y encontrar para todo una explicación. Ambos eran buenos y alegres.

—He aquí un bello ejemplar de sapo —señaló el naturalista—, tengo que ponerlo en alcohol.

—Ya tienes otros dos —replicó el poeta—. ¡Deja que se divierta tranquilamente!

—Es deliciosamente feo —contestó el otro.

—Es evidente que si pudiéramos encontrar la piedra preciosa de su cabeza, yo mismo participaría en la disección.

—¡La piedra preciosa! —exclamó el otro—. ¡Te conoces la historia natural!

«También ellos han mencionado la piedra preciosa —pensó el sapo—. No cabe duda. Tengo suerte de no tenerla, en tal caso me hallaría en serias dificultades.»

Sobre el tejado resonó entonces un cacareo. El padre cigüeña daba un discurso a su familia y la madre cigüeña recordaba el paisaje de Egipto y las aguas del Nilo.

«He de ir a Egipto —reflexionó el sapo—, porque tengo muchas ganas. Toda la dicha y el deseo que siento son sin duda más valiosos que una piedra en la cabeza.»

Ignoraba que tenía, justamente, la piedra preciosa, que representa el deseo y el placer de mejorar, mejorar sin parar, con alegría y entusiasmo.

En ese momento llegó el padre cigüeña: había distinguido al sapo entre la hierba, se precipitó sobre él y lo cogió.

¡Y cuac! ¡Lo mató!

Pero entonces, ¿qué ocurrió con el destello que desprendían los ojos del sapito?

Un rayo de sol se llevó la piedra preciosa que tenía en la cabeza.

Pero ¿adónde?

No se lo preguntéis al naturalista, antes bien, preguntádselo al poeta y os contestará con una leyenda. ¡Imaginaos! La oruga se transforma en una hermosa mariposa. La familia de cigüeñas vuela por encima de montañas y mares para alcanzar la lejana África y encuentra el camino más corto para volver al país danés, al mismo lugar y al mismo tejado. ¡Casi parece inventado, pero es cierto!

Pero ¿y la piedra preciosa?

¡Buscadla en el sol! ¡Buscadla por todas partes! ¡Nunca dejéis de buscarla!

El encendedor

Ilustrado por Bruno David

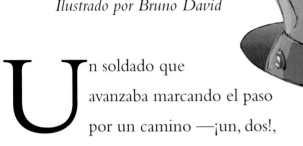

Un soldado que avanzaba marcando el paso por un camino —¡un, dos!, ¡un, dos!, ¡un, dos!— se encontró con una vieja bruja. Esta tenía la nariz peluda y le colgaba el labio...

De repente se atrevió a decirle:

—¡Buenos días, soldado! ¿Sabes que puedes ganar dinero como si nada?

—¡Vaya! ¿Y de qué modo, vieja bruja?

—¿Ves ese árbol? Está hueco como una cripta. Trepa hasta la copa, verás un agujero por el que lograrás deslizarte. Te ataré una cuerda alrededor de la cintura para volver a subirte cuando me llames.

—Y... ¿qué tendré que hacer en el interior del árbol? —preguntó el soldado.

—Cogerás el dinero —respondió la bruja, haciendo una mueca—. Una vez dentro del árbol, te encontrarás en un gran pasadizo donde arden más de cien lámparas y verás tres puertas. En la primera habitación hay una caja que guarda un perro de ojos grandes como tazas de té y llena de monedas de cobre. Si prefieres las de plata, entra en la segunda habitación, allí hay un perro con ojos grandes como ruedas de molino. Y si te gusta más el oro, basta con que entres en la tercera habitación, donde verás un perro con los ojos tan grandes como la gran torre redonda. No tengas miedo de los perros, no te harán ningún daño si obras como te digo: toma mi delantal de cuadros azules y lo extiendes sobre el suelo, luego te diriges sin temor hacia el perro, lo coges y lo colocas sobre el delantal. Abre la caja y quédate con todo el cobre, la plata y el oro que desees.

—Pero... ¿qué tendré que darte a cambio, vieja bruja?

—¡Nada! ¡Ni un céntimo! Solo me traerás el viejo encendedor que mi abuela se olvidó allí hace doscientos seis años.

Y el soldado trepó al árbol, se dejó caer por el agujero y, tal como le había indicado la bruja, se encontró en un largo pasadizo donde resplandecían varios centenares de lámparas.

Entonces abrió la primera puerta. El perro que estaba escondido detrás se lo quedó mirando con unos ojos grandes como tazas de té.

—Sí, sí, que perrito tan bueno eres —le dijo el soldado, lo
colocó sobre el delantal de la bruja y cogió tantas monedas
de cobre como cabían en su bolsillo, luego cerró la caja, volvió
a colocar al perro en su sitio y entró en la segunda habitación.

La misma escena se desarrolló en la segunda y luego en
la tercera habitación. Llenó hasta los topes de monedas de oro
los bolsillos, la bolsa, la gorra y los zapatos... Luego depositó
de nuevo al perro sobre la caja, cerró la puerta, recogió
el encendedor que estaba en el suelo y gritó por el tronco
del árbol:

—¡Súbeme, vieja bruja!

—¿Tienes el encendedor?

—¡Sí, sí! Pero dime qué quieres hacer con él —preguntó el
soldado al salir.

—Esto no te interesa —respondió la bruja.

—Ya, ya —replicó el soldado—. O me lo dices ahora mismo,
o saco el sable y te corto la cabeza.

—No, zarramplín —replicó la bruja—. ¡No y no!

Y sin dudarlo ni un segundo, el soldado le cortó la cabeza.

La bruja se quedó tendida cuan larga era y él puso pies en polvorosa hacia la ciudad con todo su cargamento de oro.

Entonces se convirtió en un señor muy distinguido. La gente solo le hablaba de lo que había de elegante en la ciudad, del rey y, sobre todo, de su hija, la encantadora princesa.

—¿Dónde la puedo ver? —preguntaba el soldado.

—No se la puede ver en absoluto —le respondían—. Vive en un gran castillo de cubiertas de cobre rodeado por una muralla de torreones. Solo el rey puede entrar en sus aposentos, pues le han augurado que su hija se casaría con un simple soldado y eso no es de su agrado.

La ciudad ofrecía tantos placeres y el soldado era tan derrochador que acabó por no conservar más que dos moneditas en el bolsillo, de modo que una noche ya no tenía ni con qué alumbrarse.

Fue entonces cuando se acordó del encendedor. El soldado lo sacó ceremoniosamente y, al encenderlo, apareció ante él, como por arte de magia, el perro que tenía los ojos grandes como tazas de té.

—¿Qué ordena, mi amo? —dijo el animal.

—Me gustaría mucho ver a la princesa que vive en el castillo cercano a la ciudad.

El perro partió de inmediato y regresó llevando a lomos a la princesa. Encantado, el soldado se enamoró en ese momento de ella y quiso volver a verla todas las noches. Y así fue como, en el mayor secreto, el obediente perro tuvo que correr varias noches a casa del soldado llevando a la princesa a cuestas.

Un día, sin embargo, el rey acabó descubriendo adónde se dirigía su hija cada noche y raudo metió al soldado en el calabozo.

—Mañana irás a la horca —le advirtió.

Entonces, al día siguiente, tras los barrotes de hierro, el soldado llamó a un zapatero que pasaba.

—¡Eh, zapatero!, corre a la casa donde vivía y tráeme el encendedor, te daré cuatro chelines. ¡Deprisa!

El aprendiz de zapatero que estaba deseando ganarse los cuatro chelines corrió como una flecha, encontró el encendedor y se lo dio al soldado.

A lo lejos, ya se había construido una enorme horca alrededor de la cual se iban reuniendo soldados y miles de personas. Cuando ya

se disponían a pasarle la soga por el cuello, el soldado suplicó que le dejaran fumar su última pipa y el rey, majestuosamente sentado en el trono, no tuvo valor para negárselo. El soldado frotó el encendedor y... uno, dos y tres, aparecieron los tres perros.

—Ayudadme a que no me cuelguen —les dijo el soldado.

Entonces los animales se precipitaron sobre los jueces y sobre todos los miembros del consejo, agarraron a unos por las piernas y a otros por la nariz y los lanzaron al aire, haciéndolos pedazos.

—¡Socorro! —gritó el rey, pero el perro más grande lo cogió y también lo arrojó al aire.

Entonces los soldados se asustaron y todo el mundo gritó:

—¡Soldadito, tú serás nuestro rey y tendrás a la grácil princesa!

Instalaron pues al soldado en la carroza real. La princesa se unió a él y se convirtió en reina.

La boda duró ocho días y los perros se sentaron a la mesa moviendo los ojos como cubas de un lado a otro.

La hucha

Ilustrado por Vincent Vigla

En el cuarto de los niños había muchos juguetes, pero la hucha se encontraba en lo más alto del armario. Era de arcilla, con forma de cerdo y, naturalmente, tenía una rendija en el lomo que alguien había alargado con ayuda de un cuchillo para que cupieran también las monedas grandes.

De estas ya habían caído dos, además de muchas otras más pequeñas.

El cerdo estaba tan lleno, tan atiborrado, que las monedas no podían tintinear en su barriga, que es lo máximo que cabe esperar de un cerdito hucha.

Estaba ahí, en lo alto del armario y miraba los juguetes que había abajo, en la habitación: sabía que con lo que tenía en la barriga podría comprarlos todos y esto le enorgullecía un poco.

La hucha

Los otros también lo sabían, aunque no hablaran de ello. El cajón de la cómoda estaba entreabierto y una muñeca ya vieja y con el cuello reparado miraba hacia fuera.

—Propongo que juguemos a las personas mayores —sugirió—. ¡Será muy divertido!

Entonces se armó un barullo y los cuadros se giraron hacia la pared (sabían que tenían un revés), aunque no lo hicieron para protestar.

En plena noche, los rayos de la luna entraban por la ventana, iluminándolo todo gratis.

El juego iba a comenzar y todos estaban invitados a participar, incluso el cochecito de muñecas, aunque formaba parte de los juguetes clasificados de vulgares.

—Cada uno es útil a su manera —decía—. No todo el mundo puede pertenecer a la nobleza, también tiene que haber quien trabaje.

Solo el cerdito hucha recibió invitación escrita. Se temía que, al estar tan arriba, no pudiera oír la invitación oral. Él, por su parte, se creyó demasiado importante para dar una respuesta. Si le

apeteciera participar, lo haría desde arriba, desde su casa; los otros ya se adaptarían. Es lo que hicieron. Subieron el teatro de marionetas para que el cerdito hucha pudiera verlo de frente. El programa consistía en una comedia teatral, el té y, a continuación, las conferencias. Sin embargo, se empezó por estas últimas.

El caballo habló de entrenamientos y de pura sangre; el cochecito de muñecas, de ferrocarriles y de tracción de vapor: eran temas de su especialidad. El péndulo habló de política (tic, tac), sabía qué hora había dado, pero las malas lenguas decían que no funcionaba bien.

El bastón se mantenía tieso, orgulloso de su virola de hierro y de su pomo de plata; en el sofá se exponían dos cojines bordados, espléndidos pero estúpidos. La comedia ya podía empezar.

La hucha

Todos estaban sentados y miraban. Se les rogó que aplaudieran, golpearan o silbaran según estuvieran o no satisfechos. La fusta dijo que no golpearía jamás por los ancianos, sino solo por los jóvenes que todavía no estuvieran prometidos.

—Yo exploto por todo el mundo —dijo el petardo.

La obra de teatro no valía nada, pero estuvo bien interpretada. Los actores siempre presentaban al público su lado pintado: estaban hechos para ser vistos de frente, no de espaldas. Todos actuaban admirablemente, incluso fuera del teatrillo, pues sus hilos eran demasiado largos, pero ello los hacía todavía mejores actores.

Todo el mundo estaba encantado, así que renunciaron al té y se insistió en las conferencias. Lo llamaban jugar a las personas mayores, y era sin mala intención porque no era más que un juego. Cada uno pensaba solo en sí mismo y en lo que pensaba el cerdito hucha, y éste iba más lejos que los demás, pues pensaba en su testamento y en su entierro.

¡Pataplam! Se cayó del armario. Acabó en el suelo roto en mil trocitos. Las monedas bailan y brincan por la habitación: las más pequeñas zumban, las grandes ruedan, sobre todo la de plata, que tantas

ganas tenía de ver mundo. A eso fue, y también fueron a ver
el mundo el resto de las monedas. Solo los restos del cerdito fueron
a la basura.

Al día siguiente, sobre el armario había otro cerdito hucha de
tierra barnizada. Aún no contenía ninguna moneda y no había nada,
pues, que tintineara en su barriga. En esto se parecía a su antecesor.
Para él era un comienzo y para este cuento es el final.

La princesa y el porquero

Ilustrado por Emmanuel Chaunu

Había una vez un príncipe pobre que vivía en un reino muy pequeño y cuyo mayor deseo era casarse. Decidió, pues, pedir la mano de la hija del emperador del país vecino. Actuó de la siguiente manera:

Sobre la tumba del padre del príncipe crecía un rosal milagroso. Solo daba una flor cada cinco años, pero su perfume era tan dulce que al aspirarlo se olvidaban todas las penas. El príncipe también tenía un ruiseñor que cantaba como si las más bellas melodías del mundo estuvieran todas encerradas en su garganta. Envió a la princesa la rosa y el ruiseñor en dos grandes joyeros de plata.

El emperador los mandó llevar a su presencia y cuando la princesa vio esas grandes cajas aplaudió regocijada.

—¡Ojalá fuera un gatito! —dijo.

Pero apareció la maravillosa rosa.

—¡Qué flor tan preciosa! —exclamaron todas las damas de honor.

Sin embargo, la princesa la tocó con el dedo y estuvo a punto de echarse a llorar.

—¡Oh, papá! —gritó horrorizada—, no es artificial, ¡es auténtica!

—Antes de enfadarnos, miremos qué hay en la otra caja —opinó el emperador.

Entonces apareció el ruiseñor y se puso a cantar tan divinamente que nadie tuvo ninguna crítica que hacerle.

—¡Soberbio! ¡Encantador! —exclamaban todas las damas de la corte.

—Espero, al menos, que este no sea auténtico —dijo la princesa.

—Pues sí, es un pájaro auténtico —afirmaron quienes lo habían llevado.

—¡Ah!, entonces que se vaya volando —mandó la princesa.

Y, por nada del mundo, aceptó recibir al príncipe. Pero él no se desanimaba. Se embadurnó el rostro de color marrón y negro, se puso un gorro en la cabeza y fue a golpear la puerta del palacio para pedir trabajo. En el acto lo nombraron porquero imperial. Le dieron una habitación al lado de la pocilga y allí se instaló para trabajar todo el día.

Por la noche, sin embargo, había construido una bonita marmita llena de campanillas. En cuanto la marmita hervía, las campanillas tintineaban y emitían una bella melodía. Pero lo más ingenioso era, sin duda, que si se ponía el dedo en el vapor de la marmita, se olía inmediatamente qué plato se estaba preparando en cada cocina de la ciudad.

Durante su paseo con las damas de honor, la princesa pasó por delante de la pocilga y, cuando oyó la melodía, se detuvo muy contenta pues también ella sabía interpretarla.

—Conozco esta canción —dijo—. Entrad y preguntad qué cuesta este instrumento.

Una de las damas acudió a hacer lo que pedía.

—Quiero diez besos de la princesa —fue la respuesta.

—¡Cielos! —exclamó la dama.

—Ni más ni menos —insistió el porquero.

—¡Qué insolente! —contestó ella. Y se fue inmediatamente.

Pero en cuanto hubo recorrido una parte del camino, las campanillas empezaron a tintinear.

—Escucha —dijo la princesa—, ve a preguntarle si quiere diez besos de mis damas de honor.

—¡Oh, no! —respondió el porquero—. O diez besos de la princesa o ni hablar de la marmita.

—¡Qué pesadez! —dijo la princesa—. Bueno, poneos todas alrededor para que nadie me vea.

Las damas de honor la rodearon y desplegaron sus faldas, el joven recibió diez besos y la princesa se llevó la marmita.

¡Cuánto se divirtieron entonces en el castillo!

Pero el porquero no se quedó con las manos cruzadas. Al día siguiente construyó una carraca. En cuanto la hacía girar, todos los valses, galopes y polcas conocidos desde la creación del mundo resonaban chirriantes.

—¡Pero es fantástico! —exclamó la princesa cuando pasó delante de la porqueriza—. Id a preguntarle cuánto cuesta este instrumento, ¡pero decidle que ya no doy más besos!

—Quiere cien besos de la princesa —informó la dama de honor que había ido a hablar con él.

—Debe de estar loco —dijo la princesa antes de irse.

Pero tras haber dado unos pasos, se detuvo.

—Hay que animar a los artistas —declaró—. Decidle que le daré cien besos, pero poneos delante de mí.

Todas las damas la rodearon y empezó la serie de besos.

«¿Qué es esa aglomeración ahí, al lado de la porqueriza? —observó sorprendido el emperador de pie, desde su terraza—. Pero si son las damas de honor, que están haciendo de las suyas. Voy a ver qué sucede.»

—Cuando llegó al patio, se acercó sin hacer ruido. Las damas, ocupadas en contar los besos para que todo discurriera correctamente, no se percataron del emperador. El monarca se puso de puntillas para ver mejor:

—¡Esto qué es! —gritó cuando vio lo que estaba sucediendo.

Y propinó al porquero un golpe con su pantufla justo en el momento en que recibía el beso número ochenta.

—¡Fuera de aquí! —gritó el emperador furioso.

La princesa y el porquero fueron desterrados del imperio.
La joven lloraba, el porquero gruñía y caía una lluvia torrencial.

—¡Ah!, soy la más desgraciada de las criaturas —gemía
la princesa—. ¿Por qué no habré aceptado a ese príncipe tan
encantador?

El porquero se ocultó detrás de un árbol, se limpió el rostro,
tiró su vieja indumentaria y salió con su traje de príncipe, tan
encantador, que la princesa hizo una reverencia delante de él.

—¡He venido para darte una lección! —dijo el joven—.
Despreciaste a un príncipe leal. No apreciaste ni la rosa ni
el ruiseñor, pero bien que besaste al porquero por un juguete
mecánico. ¡Debería darte vergüenza!

Regresó a su reino, cerró la puerta y pasó el pestillo. En cuanto
a la princesa, que se quedara fuera y cantara la canción de las campanillas, si es que le quedaban ganas.

El viejo caserón

Ilustrado por Bruno David

Había en la calle un caserón muy viejo que debía de estar en pie desde hacía unos trescientos años y, justo frente a él, unas casas nuevas y muy coquetonas.

En una de ellas vivía un jovencito encantador,
de mejillas frescas y rosadas, con los ojos despiertos
y cristalinos, a quien gustaba el viejo caserón tanto
a la luz del sol como al claro de luna.
Y cuando asomado a la ventana miraba el

El viejo caserón

muro desconchado, imaginaba el aspecto del lugar antaño,

con las escaleras, miradores y aguilones puntiagudos; veía

soldados con alabardas y gárgolas como dragones o serpientes...

En ese caserón tan viejo habitaba un anciano. Vivía solo y el

muchacho a veces le saludaba con la cabeza y el hombre le respondía.

Un domingo, tras pedir permiso a sus padres,

el jovencito visitó al anciano señor.

Al llegar, las trompetas esculpidas

en la puerta parecieron resonar:

—¡Ratatá!

¡Ha llegado

el muchacho!

¡Ratatá!

¡Ha llegado el

muchacho!

El pasillo estaba lleno de espadas y armaduras que tintineaban y de trajes de seda que emitían un frufrú: las paredes hablaban y el respaldo de los gastados sillones gemía: ¡ay!

El anciano agradeció calurosamente el regalo que le había llevado el chico: uno de sus soldaditos de plomo envuelto con esmero.

El hombre se dirigió a la habitación contigua a buscar sirope, manzanas y nueces. Qué bien se estaba en el viejo caserón... Sacó además de los estantes inferiores un libro ilustrado con imágenes de grandes cortejos y extraordinarias carrozas, de las que hoy ya no se ven; soldados en sotas de trébol y caballeros con estandartes. ¡Ah, ese sí que era un auténtico libro ilustrado!

El jovencito regresó a su casa feliz y entusiasmado. En los días que siguieron los vecinos se saludaron con frecuencia y el joven empezó a visitar al anciano con regularidad.

De hecho, todos estaban contentos salvo el soldadito de plomo, que parecía aburrirse un poco.

—Eres un regalo —dijo el jovencito—, tienes que quedarte aquí y comportarte. ¿Es que no lo entiendes?

Y las veladas con el anciano eran siempre dulces y agradables. Igual que la primera vez, pues esa era una casa donde cada día y cada hora eran similares a las otras. Pasó una semana y tras ella muchas más.

Un día, las ventanas se llenaron de escarcha, la nieve se había depositado en las florituras e inscripciones y subía hasta lo alto de la escalera de entrada, como si no hubiera nadie en el caserón.

Y así era, ya no había nadie. El anciano había muerto.

Por la noche llegó un coche con un ataúd donde metieron al vecino para enterrarlo en el campo. No hubo cortejo fúnebre, pues todos los amigos del hombre habían muerto. El chico le envió un beso con la mano cuando partió.

Unos días después se celebró una subasta en el viejo caserón y el jovencito contempló desde la ventana que se lo llevaban todo.

En primavera demolieron el edificio, pues los transeúntes decían que era un horror.

Construyeron una casa con grandes ventanas y paredes blancas y lisas y justo donde se alzaba el viejo caserón plantaron un pequeño jardín.

Los años pasaron y el muchachito se hizo hombre. Acababa de casarse y se instaló con su dulce esposa en la casa del jardín. Estaba a su lado, mientras ella sembraba una flor silvestre que encontraba muy bonita. La había plantado con la manita y con los dedos estaba aplanando la tierra.

—¡Ay!, ¿qué es esto?

Se había pinchado. Era un objeto puntiagudo que, cubierto por la tierra blanda, no había visto.

¡No os lo podréis creer! Era el soldadito de plomo que, después de tantos años, volvía a aparecer.

—Enséñame con qué te has pinchado —dijo el joven, que sonrió al tiempo que alzaba la cabeza.

Y habló a su esposa del caserón, del anciano y del soldadito de plomo, y se lo contó todo con tanto lujo de detalles que los ojos de la muchacha se llenaron de lágrimas por el caserón y el anciano.

—Es bastante probable que sea el mismo soldadito.
Quiero guardarlo y recordar todo lo que me has dicho.
Mientras los seres vivan en nuestra memoria no
habrán muerto del todo. ¿A que es verdad, soldadito
de plomo?

La pastorcilla y el deshollinador
Ilustrado por Raphaëlle Michaud

Había una vez un armario sobre el que se recortaba un hombre entero, realmente grotesco. Los niños de la casa lo llamaban Sargento Mayor General. Miraba constantemente la mesa situada bajo el espejo, pues en ella se hallaba una hermosa pastorcilla de porcelana, que llevaba zapatos de oro, un vestido fruncido con una rosa roja, un sombrero dorado y un cayado de pastora. ¡Era un encanto! Muy cerca de ella había

un pequeño deshollinador, negro como el carbón y también de porcelana.

Llevaba su escalera de buen grado y, pese a todo, su rostro era rosa y blanco, como el de la joven muchacha. Lo habían colocado al lado de la pastorcilla y, así las cosas, se habían prometido. Hacían buena pareja, pues ambos eran jóvenes, de la misma porcelana y frágiles. Muy cerca de ellos y mucho más grande, estaba sentado un viejo chino de porcelana que podía mover la cabeza. Decía que era el abuelo de la pastorcilla; incluso pretendía ejercer cierta autoridad sobre ella, por esta razón se decantaba por el Sargento Mayor General, que había pedido la mano de la pastora.

—Tendrás con él —decía el anciano chino— un marido que parece hecho de madera de caoba, que te dará un título rimbombante, que posee todos los objetos de plata del armario, sin contar lo que guarda en unos escondites misteriosos.

—No me interesa ir a ese armario oscuro —dijo la pastorcilla—, me han dicho que ahí dentro hay once mujeres de porcelana.

—Pues bien, tú serás la número doce. Esta noche, cuando se ponga a crujir el viejo armario, os casaréis, tan cierto como que soy chino. Y se durmió.

La pastorcilla lloraba, miraba al deshollinador de porcelana, al que amaba de corazón.

—Marchémonos juntos a recorrer el ancho mundo —propuso la pastorcilla—. Ya no podemos quedarnos más tiempo aquí.

—Quiero todo lo que tú quieras —respondió el deshollinador—.
Marchémonos inmediatamente, con mi profesión podré mantenerte.

—Ojalá hubiésemos bajado ya de la mesa y estuviéramos sanos
y salvos —dijo ella—. No seré feliz hasta que hayamos partido.

Él la consoló lo mejor que pudo y le enseñó dónde debía
colocar los pies sobre las hojas esculpidas en las patas de la mesa;
la escalera también resultó ser de gran ayuda.

Sin embargo, cuando ya estaban en el parquet y levantaron
la vista hacia el armario, vieron que reinaba una terrible agitación.
El Sargento Mayor General dio un brinco y gritó:

—¡Están huyendo!, ¡están huyendo!

Asustados, los dos jóvenes saltaron rápidamente al cajón inferior del armario. Se escondieron allí durante un buen rato y luego volvieron a salir. Pero en cuanto estuvieron de nuevo en el parquet y levantaron la mirada hacia la mesa, vieron al viejo chino despierto y que inclinaba todo su cuerpo. Cayó como un plomo en el parquet.

—Llega el viejo chino —gritó la pastorcilla, y estaba tan enfadada que se cayó sobre sus bonitas rodillas de porcelana.

—Realmente, demuestras ser muy valiente al marcharte conmigo. ¿Has pensado en lo grande que es el mundo y que no podremos regresar nunca más? —preguntó el deshollinador.

—He pensado en ello —respondió la muchacha.

Entonces el deshollinador la miró fijamente a los ojos y le dijo:

—Mi camino pasa por la chimenea. ¿Te atreves a escalar conmigo a través de la estufa primero, luego la chimenea y luego el tubo, que está tan oscuro como la noche? Cruzaremos por un conducto después y, a partir de ahí, conozco bien el terreno, subiremos tan alto que no podrán alcanzarnos y, allí arriba, hay un agujero que se abre al mundo.

La pastorcilla no se asustó para nada y emprendió la marcha con el deshollinador. Sin embargo, una vez en lo alto, la pastorcilla rompió a llorar tan fuerte que el oro que adornaba su cintura se agrietó y cayó hecho pedazos.

—Demasiado —gimió—, el mundo es demasiado grande. ¡Con lo feliz que era en mi sitio! Llévame a casa si me quieres.

El deshollinador le habló con sensatez, le recordó al viejo chino, le habló del Sargento Mayor General, pero ella lloraba cada vez más.

Entonces, de nuevo y con mucho esfuerzo, bajaron por la chimenea, el tubo y el hogar. Cuando llegaron a la sombría sartén, prestaron atención a lo que sucedía en el salón. Todo estaba silencioso. Asomaron la cabeza y… ¡horror! En medio del parquet yacía el viejo chino, que había caído al querer perseguirlos y se había roto en tres pedazos; se había roto la espalda y la cabeza había rodado a un rincón. El Sargento Mayor General estaba donde siempre había estado, meditabundo.

—Es horroroso —murmuró la pastorcilla, el viejo abuelo se ha roto por nuestra culpa; no sobreviviré—. Y se retorcía las manitas, desesperada.

—Se puede arreglar sin problemas —afirmó el deshollinador—. Solo hay que volver a pegarlo, no estés tan triste. Si le pegamos la espalda y le ponemos una cinta en el cuello, estará como nuevo y listo para decirnos de nuevo cosas desagradables.

—¿Estás seguro?

Volvieron a subir a la mesa donde se encontraban antes.

—Otra vez estamos aquí —dijo el deshollinador—, podríamos habernos evitado la molestia.

—Con tal de que vuelvan a pegar al abuelo… —dijo ella.

La familia puso pegamento en la espalda del chino y una cinta en el cuello. Lo dejaron como nuevo, aunque no podía mover la cabeza.

—Qué soberbio se ha vuelto desde que se ha roto —dijo el Sargento Mayor General—. No veo ningún motivo para enorgullecerse. ¿Tendré o no tendré a mi pastorcilla?

El deshollinador y la pastorcilla lanzaron una mirada conmovedora al viejo chino, pues tenían miedo de que dijera que sí con la cabeza; pero no podía moverla. Y como le resultaba muy desagradable contar a un extraño que debía llevar un soporte en el cuello, los enamorados de porcelana se quedaron el uno junto al otro, bendiciendo la cinta del abuelo hasta el día en que ellos mismos se rompieron.

Jacob y Wilhelm Grimm

Blancanieves

Ilustrado por Sébastien Chebret

Una mañana de invierno, una reina que cosía junto a la ventana se pinchó en el dedo con la aguja y tres gotas de sangre cayeron sobre la nieve.

Y la visión del color rojo sobre la blanca nieve era tan bonita que pensó:

—¡Ay, ojalá tuviera una niña con la piel tan blanca como la nieve, los labios tan rojos como la sangre y el cabello tan negro como el pajaro carbonero que vuela por el cielo!

Un día tuvo una niñita que respondía en todo a todos sus deseos y a la que llamó Blancanieves. Pero, ¡ay de mí!, poco tiempo después de nacer el bebé, la reina murió.

El padre de Blancanieves volvió a casarse con una mujer de gran belleza, pero de malvado corazón. Tenía un espejo mágico al que cada noche preguntaba:

—Espejito, dime espejito mío, ¿quién es la más hermosa de la región?

Y cada noche el espejo contestaba:

—Mi señora reina, vos sois la más hermosa.

Con el transcurso del tiempo, Blancanieves se iba haciendo más guapa, hasta que pronto fue tan hermosa como la luz de la mañana.

Y la madrastra se retorció de envidia el día que el espejo le respondió:

—Mi reina, de las dos, Blancanieves es la más bella.

Fue tal su odio, que ordenó a un cazador que llevara a la niña al bosque y la matara. Sin embargo, el hombre sintió piedad, fue incapaz de realizar ese acto indigno y dejó huir a la niña.

Blancanieves vagó por el espeso bosque y, al anochecer, llegó a una preciosa casita donde, agotada, se tendió en una de las camas.

Entrada la noche, regresaron los dueños de la casa. ¡Eran siete enanitos del bosque! Al descubrir a la pequeña dormida, les embargó la dicha.

Por la mañana, Blancanieves les contó su historia. Los siete enanitos le rogaron que, en su ausencia, no dejara entrar a nadie: trabajaban todo el día y la muchacha les esperaba al tiempo que preparaba unas comidas deliciosas. Los días se sucedían apaciblemente así.

Una noche, sin embargo, la madrastra preguntó a su espejo mágico y este respondió:

—¡Más allá de las colinas, en casa de los siete enanitos, Blancanieves sigue siendo mil veces más bella que vos!

La reina comprendió entonces que el cazador la había engañado.

«Yo misma —pensó— maquinaré ahora mismo un plan para acabar contigo.»

Se internó después en una cámara secreta y preparó una manzana envenenada, se maquilló y se disfrazó de campesina. Y de esta guisa fue a llamar a la puerta de los siete enanitos. Blancanieves abrió la ventana y dijo:

—Los siete enanitos me han prohibido que deje entrar a desconocidos.

—Toma, palomita, una de mis manzanas al menos —respondió la vieja campesina—. Mira bonita, la corto por la mitad y tú te comes la parte roja y yo la blanca.

La fruta estaba preparada con tal habilidad que solo el lado rojo estaba envenenado. Cuando Blancanieves vio que la mujer comía la manzana, no pudo reprimirse. Apenas hubo mordido la parte roja, cayó muerta.

La reina, la madrastra, no cabía en sí de alegría.

Por la noche, de vuelta a casa, los siete enanitos encontraron el cuerpo sin vida de Blancanieves. Durante tres días la estuvieron llorando, luego la llevaron a la montaña en un ataúd de cristal y se turnaron para velar siempre por ella.

Como si estuviera durmiendo, Blancanieves permaneció mucho tiempo en el ataúd.

Ahora bien, un día apareció por esas tierras un caballero en su corcel. Al ver en la montaña a Blancanieves tendida entre las paredes de cristal, su belleza le cautivó y declaró al enanito guardián:

—Déjame este féretro pues no puedo vivir más sin contemplar a Blancanieves. Lo adoraré y será mi más preciado bien.

Al oírlo hablar así, el buen enanito se apiadó de él y le confió el ataúd.

El caballero ordenó a sus servidores que lo transportaran sobre los hombros. Pero resulta que en el camino tropezaron con una piedra y, con la sacudida, salió disparado el trozo de manzana que la muchacha había mordido.

Acto seguido, Blancanieves abrió los ojos, levantó la cubierta del ataúd y se enderezó: resucitada.

—Válgame Dios, ¿dónde estoy? —preguntó sorprendida.

Trastornado, el caballero la tranquilizó:

—No temas. Estás a mi lado.

Y le contó todo lo que había sucedido.

—Te amo más que a nada en el mundo. Acompáñame al castillo de mi padre y te haré mi esposa.

Blancanieves enseguida se enamoró de él y le acompañó, y sus bodas se celebraron con gran pompa y esplendor.

Invitaron a la malvada madrastra y cuando se hubo engalanado con sus ropas más preciosas, preguntó al espejo, que contestó una vez más:

—Mi reina, oh reina, de las dos: Blancanieves es la más bella.

Y mientras entraba en el gran salón del castillo y reconocía
a la joven esposa, habían calentado en carbón
ardiente unas zapatillas de hierro.
Se las tendieron con unas tenazas a la reina
y esta tuvo que ponerse ese calzado
incandescente y bailar
con él hasta morir.

Juan el Afortunado

Ilustrado por
Estelle Chandelier

Tras haber servido a su patrón durante siete años, Juan le dijo:

—Señor, mi estancia aquí ha llegado a su fin, pagadme lo que me debéis, deseo regresar a casa de mi madre.

El patrón le respondió:

—Me has servido fielmente.

Y le entregó un lingote de oro tan grande como su cabeza.

Juan se sacó un pañuelo del bolsillo, envolvió el lingote y se puso en marcha. En medio del camino, se encontró con un jinete que trotaba cómodamente sobre un vigoroso caballo.

—¡Ay —suspiró—, qué bien se debe de ir a caballo!

El jinete, que le había oído, se detuvo y le dijo:

—Si lo deseas, podemos hacer un cambio: yo te doy mi caballo y tú me das tu lingote.

—Con mucho gusto —respondió Juan—, pero os aviso, pesa mucho.

El jinete desmontó, cogió la carga de Juan y lo ayudó a subir al caballo. Luego le puso las riendas en las manos y le señaló:

—Si quieres ir deprisa, basta con chasquear la lengua y decir ¡hop!, ¡hop!

Juan, que no cabía en sí de gozo, enseguida dijo ¡hop!, ¡hop!

El caballo se puso al galope y antes de que Juan pudiera tomar el control fue lanzado a la cuneta y se levantó lleno de cardenales.

—Es esta una diversión muy peligrosa —dijo al campesino que pasaba por ahí—, no vuelvo a montar nunca más. ¡Qué no daría yo por tener vuestra vaca!

—Si tanto os gusta —contestó el campesino—, os la doy a cambio de vuestro caballo.

Juan aceptó la mar de contento y el campesino se subió al caballo y se marchó a toda prisa.

Juan reanudó la marcha guiando a la vaca delante de él y pensando en el buen negocio que acababa de cerrar.

A medida que se acercaba el mediodía el calor iba creciendo en la landa y Juan se sentía como en un horno. Tenía tanto calor que la lengua se le pegaba al paladar.

«Esto tiene remedio —pensó—, voy a ordeñar la vaca y disfrutar de su leche.»

Ató el animal a un árbol seco. Pero como no era hábil en la labor, la vaca se impacientó y le dio tal coz en la cabeza que Juan cayó por tierra y permaneció largo tiempo inconsciente.

Por suerte, un carnicero pasaba por ahí con un lechón en la carretilla.

—¡Menuda mala pasada os han jugado! —exclamó mientras ayudaba a Juan a levantarse.

Este le contó su aventura y cambió el cerdo del carnicero por la irascible vaca, pensando en cómo todo le salía a pedir de boca.

Luego, se cruzó por azar con un muchacho que llevaba una
oca y Juan trocó su cerdo por la oca.

Al pasar por el último pueblo, Juan vio a un afilador que
cantaba mientras hacia girar la muela.

—Muy contento debéis de
estar para cantar mientras trabajáis
—le dijo Juan.

—Pues sí —respondió alegre
el afilador—. No hay mejor

profesión. Pero ¿dónde habéis comprado esta hermosa oca?

—No la he comprado, la he cambiado por un cerdo.

—¿Y el cerdo?

—Lo he cambiado por una vaca.

Y Juan le describió todos los trueques que había realizado en sus sucesivos encuentros.

—Siempre habéis sabido apañároslas —observó el afilador—. Cuando consigáis tener la bolsa llena sin cesar, vuestra felicidad será completa.

—¿Y qué debo hacer? —preguntó Juan.

—Debéis ser afilador, como yo. Para ello solo necesitáis una muela y el resto se encuentra sin dificultad. Justamente tengo una, un poco mellada, es cierto, pero solo tenéis que darme vuestra oca, ¿qué os parece?

—¡Pues claro! —respondió Juan.

Le tendió la oca y se apoderó de la muela. Y Juan se marchó la mar de contento.

«Debo de haber nacido con buena estrella —pensó—, todo me sale bien.»

No obstante, como se había levantado al amanecer, empezaba a sentirse cansado. También el hambre lo atormentaba, pues se había terminado todas sus provisiones. Como un caracol, se arrastró hasta un manantial vecino junto al cual pensaba descansar y refrescarse. Para no dañar la piedra, la depositó con cuidado a su lado, al borde del agua. Luego se sentó y fue a inclinarse para beber. Sin embargo, empujó por descuido la piedra y esta cayó al agua. Al verla desaparecer, saltó de alegría y se hincó de rodillas para dar gracias a Dios por haberle concedido la gracia de librarlo felizmente y sin que tuviera nada que reprocharse de esa pesada piedra que tanto lo fastidiaba.

«No hay bajo el sol un hombre tan feliz como yo», pensaba.

Feliz y liberado de su carga, Juan se dirigió alegremente a casa de su madre.

El perro y el gorrión

Ilustrado por Bruno David

Un perro pastor tenía un amo que lo mataba de hambre. Como ya le resultaba imposible permanecer por más tiempo en su casa, escapó. Por el camino se encontró con un gorrión que le dijo:

—Hermano perro, ¿por qué estás tan triste?

—Tengo hambre y nada que llevarme a la boca —respondió el perro.

—Querido perro, ven conmigo a la ciudad y yo te daré de comer.

El perro y el gorrión

Así pues, se dirigieron juntos a la ciudad y, cuando pasaron delante del puesto de un carnicero, el gorrión se puso a picotear y a tirar y arrancar con tanto ahínco y tan bien la carne que cayó un trozo. El perro lo cogió, se lo llevó a un rincón y lo devoró.

—Ahora podemos salir un poco de la ciudad —sugirió el perro entonces.

Y los dos compadres anduvieron por el camino principal. Pero hacía calor y apenas habían caminado un rato cuando el perro anunció:

—Estoy muy cansado y me gustaría echarme a dormir.

—De acuerdo, duerme —contestó el gorrión—, entretanto me posaré en una rama.

El perro se tendió entonces en medio del camino y se quedó profundamente dormido.

Mientras así estaba, llegó un cochero conduciendo un carro de tres caballos cargado de dos toneladas de vino.

—¡Cochero, ten cuidado —gritó el gorrión, temeroso de que aplastara al perro— o haré de ti un desdichado!

—¡Tú harás de mí un desdichado! —refunfuñó el cochero, y chasqueó el látigo y aplastó el perro.

—¡Has matado a mi amigo el perro! —exclamó el gorrión—. Eso te costará tus caballos y tu carro.

—¡Mis caballos y mi carro —replicó el hombre—, eso ya lo veremos! —Y no hizo el menor caso.

El gorrión se deslizó entonces por debajo de la lona y picoteó tan acertadamente el grifo del tonel que acabó abriéndolo y todo el vino se derramó. Cuando el cochero se percató de que el carro estaba húmedo y fue a inspeccionar los toneles, descubrió que uno estaba vacío.

—¡Ay, qué desdichado que soy! —se lamentó.

—Todavía no lo bastante desdichado —respondió el gorrión volando sobre la cabeza de un caballo al que arrancó los ojos.

Cuando el cochero lo vio, sacó el hacha para golpear al gorrión, pero este huyó volando y el cochero propinó un hachazo a dos de sus caballos que cayeron muertos.

—¡Ay, qué desdichado que soy! —se lamentó.

—Todavía no lo bastante desdichado —repitió el gorrión, que se posó en la cabeza del tercer caballo y le arrancó los ojos.

Encolerizado, el cochero atacó al gorrión pero no le dio y mató al tercer caballo.

—¡Ay, qué desdichado que soy! —se lamentó.

—Todavía no lo bastante desdichado —respondió el gorrión—. Ahora te haré desdichado en tu propia casa.

Y emprendió el vuelo.

El cochero, obligado a abandonar su carro, regresó a casa iracundo y lleno de amargura.

—¡Ay —dijo a su esposa—, qué desgracia me ha ocurrido! He perdido el vino y se me han muerto los tres caballos.

—¡Ay, esposo mío —respondió la mujer—, qué pájaro maldito ha aparecido por aquí! Ha reunido a todas las aves del mundo entero y se están comiendo nuestro trigo.

El hombre salió entonces a ver su campo, donde picoteaban el grano miles de pájaros, en medio de los cuales se hallaba el gorrión.

—¡Ay, qué desdichado que soy! —se lamentó el cochero.

—Todavía no lo bastante desdichado —respondió el gorrión—. Cochero, lo pagarás con tu vida.

Y se marchó volando. El cochero, que había perdido todos sus bienes, entró en su habitación y se sentó detrás del horno lleno de cólera y de rencor. El gorrión, sin embargo, le gritó desde la ventana, donde se había posado:

—¡Cochero, lo pagarás con tu vida!

El hombre agarró entonces el hacha y la lanzó contra el gorrión, pero solo consiguió romper los cristales de la ventana sin acertar en el ave.

El pájaro entró dando saltitos a través de la ventana con el cristal roto y, posándose sobre el horno, gritó:

—¡Cochero, lo pagarás con tu vida!

Ciego de ira, el cochero rompió el horno y, acto seguido, a medida que el gorrión volaba de un lugar a otro, iba rompiendo el espejo, los bancos, la mesa, incluso las paredes de la casa, sin alcanzar nunca al gorrión.

Por fin, lo atrapó con la mano.

—¿Hay que matarlo? —le preguntó entonces la esposa.

—¡No! —replicó el hombre—, sería demasiado dulce su muerte.

Tiene que morir de forma más cruel, quiero tragármelo.

Entonces se lo metió en la boca y se lo tragó. Pero el gorrión se puso a revolotear en su estómago, subiendo de nuevo hasta la boca de la que salía la cabeza, desde donde siguió gritando:

—¡Cochero, de todos modos, lo pagarás con tu vida!

El cochero tendió el hacha a su esposa.

—Mata a este pájaro que llevo en la boca —le dijo.

La mujer golpeó, pero con tanta torpeza que dio en la cabeza del cochero, que cayó muerto.

En cuanto al gorrión, emprendió enseguida el vuelo y ¡se salvó!

Los doce hermanos

Ilustrado por Clémence Pénicaud

É rase una vez un rey y una reina que vivían felices con sus doce hijos varones.

Un día, el rey le dijo a su esposa:

—Si nuestro decimotercer hijo es niña,
los doce chicos tendrán que morir para que
ella sola herede el reino y su riqueza sea
inmensa.

Hizo entonces construir doce ataúdes llenos de virutas y con un lienzo mortuorio en el interior de cada uno y mandó meterlos en una habitación cerrada cuya llave entregó a la reina. A esta le ordenó que no dijera nada a nadie.

La madre, sin embargo, se pasaba todos los días sentada, llorando, tan triste estaba que una noche confió su pena a Benjamín, el hijo más joven. Y al verla sollozar mientras le comunicaba la decisión del rey, el hijo la consoló:

—No llores, querida madre. Sabremos apañárnoslas y, si llega el caso, nos escaparemos.

—De acuerdo —prosiguió la reina—, que uno de vosotros vigile la torre del castillo. Si tengo un niño, ondeará una bandera blanca. Si es una niña, desplegaré una bandera roja y huiréis tan rápido como os sea posible.

Pasaron once días y Benjamín informó a sus hermanos una mañana que acababa de desplegarse la bandera roja: había nacido su hermanita… Al oír esta noticia, los hermanos montaron en cólera y resueltos a vengarse decidieron matar a la primera niña que se cruzase en su camino. Para eludir su destino, eligieron vivir en el bosque lejano y así transcurrieron diez años.

Su hermanita había crecido. Era bondadosa y tenía un rostro bonito con una estrella de oro en medio de la frente. Un día descubrió por casualidad doce camisas de varón y preguntó a quién pertenecían.

Fue entonces cuando su madre le desveló toda la verdad.

La niña se apropió entonces de las once camisas y se dirigió como una flecha hacia el gran bosque.

Anduvo durante todo el día y al final llegó a la casita donde vivían los chicos. Encontró allí a Benjamín, le contó que buscaba a sus

hermanos y le mostró las doce camisas. Él comprendió así
que se trataba de su hermana.

—Soy Benjamín —le dijo—, el menor de tus hermanos.

Ambos se besaron y se abrazaron tiernamente, pero Benjamín
no tardó en explicarle que corría un gran peligro.

—Mis hermanos y yo juramos que mataríamos a la
primera niña que encontráramos, pues por una niña tuvimos
que abandonar nuestro reino.

La escondió en una cuba y, cuando sus hermanos regresaron,
les dijo:

—Os habéis ido al bosque mientras yo me he quedado aquí
y pese a eso sé más que vosotros.

—Entonces, ¡cuéntanos qué sabes! —gritaron todos
a la vez.

—Tenéis que prometerme que no mataréis a la primera
niña que veamos —replicó él.

—¡Sí, lo prometemos! Pero cuéntanos lo que sabes.

—Nuestra hermana está aquí —respondió él, luego abrió
la cuba y la hija del rey apareció.

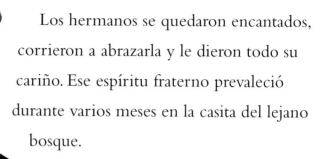

Los hermanos se quedaron encantados, corrieron a abrazarla y le dieron todo su cariño. Ese espíritu fraterno prevaleció durante varios meses en la casita del lejano bosque.

Un día, la niña quiso ir a coger lirios para sus hermanos pero, en el momento en que terminó, los doce hermanos se convirtieron en doce cuervos que se marcharon volando por encima del bosque.

Entonces la pobre niña se encontró totalmente sola y al mirar alrededor descubrió a una anciana que le advirtió:

—Solo existe una forma de salvar a tus hermanos. Debes permanecer muda durante siete años y, si falta aunque sea una hora a esos siete años, tus hermanos morirán cuando pronuncies la primera palabra.

«Pues bien, estoy convencida de que los salvaré», pensó la niña para sus adentros, luego distinguió una gran haya y trepó, cogió su rueca y se puso de inmediato a hilar.

Sin embargo, llegó un día en que un rey, que estaba cazando
por la región, se percató de su presencia. El rey se aproximó
y se quedó tan prendado de la belleza
de la joven que le preguntó si
quería casarse con él.

Pero ella no respondió y se contentó con hacer un ligero gesto afirmativo con la cabeza.

Así que el mismo rey trepó al árbol, la descendió de él y la llevó a su palacio.

Allí se celebraron las nupcias con gran júbilo y magnificencia; pero la novia ni hablaba ni reía.

Un día, la reina madre empezó a criticar a la joven reina.

—Si tu esposa es muda —dijo a su hijo—, al menos podría reír un poco. El que no ríe es porque tiene mala conciencia.

Luego, la anciana acusó a la joven esposa de tantas cosas malas que el rey se dejó al final convencer y la condenó a muerte.

Justo en el momento en que estaba atada al poste y las llamas del fuego ya empezaban a lamerle el vestido con sus lenguas rojas, llegaban a su término los siete años.

Se oyó entonces un susurro en el aire y doce cuervos aparecieron volando, descendieron y en el momento de tocar el suelo… eran los doce hermanos, a quienes ella había salvado.

Apagaron el fuego, ahogaron las llamas, desataron a su hermana y la abrazaron.

Así que, como ahora ya podía hablar, contó al rey por qué había permanecido muda y nunca se había reído.

El rey se puso muy contento al comprobar su inocencia y los dos vivieron felices hasta el día de su muerte.

La malvada reina madre fue llevada ante los tribunales y arrojada en un tonel lleno de aceite hirviendo y de serpientes venenosas.

Y dicen que todavía sigue ahí…

El pobre molinero
y el gatito

Ilustrado por Estelle Chandelier

Vivía en un molino un viejo molinero que carecía de esposa e hijos.

Tenía a su servicio a tres jóvenes aprendices a quienes, cuando hubieron pasado algunos años con él, les dijo:

—Ya soy viejo y quisiera descansar junto al fuego. Marchaos, y al que me traiga el mejor caballo, le daré el molino con la condición de que a cambio me cuide hasta que muera.

Ahora bien, el tercero de los chicos era un pequeño criado al que los demás consideraban tonto y al que no veían como un rival. Partieron los tres juntos, pero, cuando llegaron al pueblo, abandonaron al más pequeño, que se llamaba Juan, al llegar la noche.

Y el chico empezó a vagar…

—Juan, ¿adónde vas así? —le preguntó un gatito de colores.

—Ay, tú no puedes ayudarme.

—Sé lo que deseas —respondió el gatito—. Desearías tener un hermoso caballo. Ven conmigo. Sé mi fiel criado durante siete años y te daré el caballo más bonito que has visto en toda tu vida.

«Vaya gato tan singular —pensó Juan—. De todos modos, veré si lo que dice es cierto.»

El gato lo condujo acto seguido a un castillo encantado donde solo había gatitos para servirlo que interpretaban música por las noches durante la cena.

—Juan, ven a bailar conmigo —le dijo el gato.

—No —contestó Juan—, yo no bailo con gatos.

—Entonces, llevadlo a la cama —ordenó a los gatitos.

De inmediato, uno iluminó el dormitorio, otro le sacó los zapatos, un tercero las medias y el último apagó con un soplo la luz. Al día siguiente por la mañana, volvieron y lo ayudaron a levantarse.

Pero también tenía que servir al gato y partir todos los días leña con un hacha de plata. Para segar el heno utilizaba una hoz de plata

y una piedra de afilar de oro… En lo que respecta a los trabajos de la casa, tenía que utilizar tablas, un hacha de carpintero y una escuadra, todas ellas de plata.

Juan construyó una casita y los siete años que pasaron juntos el gatito y él parecieron durar seis meses. Luego dijo que debía partir pero que seguía sin tener caballo.

El gatito se dirigió entonces a la casa y, en cuanto hubo abierto la puerta, aparecieron doce caballos tan briosos que Juan sintió que su corazón daba un brinco de alegría. El gatito les dio de comer y beber.

—Puedes marcharte —dijo a Juan—. Dentro de tres días te haré llegar tu caballo.

Juan se puso en marcha después de que el gatito le indicara el camino al molino.

Cuando llegó a su destino, los otros dos aprendices de molinero ya estaban ahí. Cada uno de ellos había llevado un caballo, pero el de uno estaba ciego y el del otro, paralítico.

—Y bien, Juan, ¿dónde está tu caballo? —le preguntaron.

—Llegará dentro de tres días.

Los otros dos se echaron a reír.

—¡Bah! —exclamaron —, ¿de dónde ibas tú a sacar un caballo?

Juan entró en la estancia, pero el molinero no le permitió que se sentara a la mesa, pues iba andrajoso y harapiento. Por la noche se vio obligado a arrastrarse a la caseta de las ocas y tenderse sobre la dura paja.

La mañana del tercer día llegó una calesa con seis caballos resplandecientes. Un sirviente guiaba el séptimo para el pobre aprendiz de molinero.

De la calesa descendió una princesa magnífica que se dirigió al molino. Y esa princesa era precisamente… el gatito de colores en cuya casa Juan había prestado fielmente sus servicios durante siete años.

—¿Dónde está vuestro joven criado? —preguntó la princesa al molinero.

—Iba tan harapiento que ni siquiera le hemos dejado entrar en el molino —respondió el molinero— y ha ido a dormir con las ocas.

—Id a buscarlo inmediatamente —dijo la princesa.

Entonces un servidor desembaló unos ropajes magníficos, lavó a Juan y lo vistió, y cuando hubo concluido, ni un rey habría tenido un aspecto más imponente.

A continuación la muchacha quiso ver los caballos de los otros dos chicos y luego se hizo traer el séptimo por un servidor.

¡Nunca el molinero había visto otro más bonito!

—Pues bien —anunció la joven—, es el de vuestro tercer aprendiz.

—Si así es, le pertenece el molino —contestó el molinero.

Pero la princesa le explicó que podía quedárselo todo, luego hizo subir a su fiel Juan en su calesa y ambos volvieron a su casita, que se había convertido en un castillo de oro y plata.

Y se casaron y fueron soberanamente felices.

¡Así que nunca hay que afirmar que un tonto no llegará a ser nada!

Rapunzel

Ilustrado por Hanoa Silvy

Érase una vez un hombre y una mujer que llevaban largo
tiempo deseando tener un hijo. Un día, por fin, la esposa
acarició la esperanza de que el buen Dios había escuchado
sus ruegos.

En la parte trasera de la casa de esta pareja había una ventanita
que daba a un magnífico jardín donde crecían las más bellas flores
y las mejores hortalizas, pero estaba rodeado de un muro muy alto y
nadie se había aventurado jamás a penetrar en él, pues pertenecía
a una bruja a la que todo el mundo temía.

Un día, mientras estaba asomada a la ventana contemplando el
jardín, divisó una parcela de rabanitos cuyas hojas estaban tan verdes
y tiernas que al instante sintió un deseo enorme de comérselos.

El deseo aumentó con el paso de los días y, como sabía que no
podría, iba debilitándose, empalidecía y cada vez tenía peor aspecto.
Entonces el marido se preocupó.

—¿Qué es lo que te entristece, amada mía? —preguntó.

—¡Ay de mí! —respondió ella—. Moriré si no me como unos rabanitos de esos que crecen en el jardín que hay detrás de casa.

El hombre, que la amaba, pensó:

«¿Voy a dejar que muera mi esposa? Iré en busca de esos rabanitos cueste lo que cueste.»

En cuanto oscureció, el hombre pasó por encima del muro de la bruja, arrancó a toda prisa un manojo de rabanitos y se los llevó a su esposa. Esta preparó de inmediato una ensalada con ellos y se la comió con gran apetito. Le gustaron tanto que al día siguiente todavía tenía muchas más ganas de comerlos. Para calmarla, el marido decidió volver a saltar el muro. Esa misma noche, escaló la pared y cuál no fue su espanto cuando vio ante él a la bruja.

—¿Cómo te atreves a entrar en mi jardín y robarme los rabanitos como si fueras un truhán? —le preguntó la bruja mirándolo con ira—. ¡Te castigaré!

—¡Ay de mí! —respondió el hombre—. Concededme la gracia y el perdón. Lo he hecho por pura necesidad. Mi esposa ha visto vuestros rabanitos desde la ventana y si no hubiera satisfecho sus ansias de comérselos, se habría muerto.

La bruja se calmó entonces y le dijo:

—Toma entonces todos los que quieras, pero con una condición: me entregarás al niño que tu esposa dé a luz. Estará bien tratado y lo cuidaré como si fuera su madre.

El hombre tenía tanto miedo que aceptó y, cuando unas semanas más tarde la mujer dio a luz, la bruja acudió a recoger a la recién nacida y le puso el nombre de Rapunzel.

Rapunzel se convirtió en la niña más bonita nunca vista. Cuando cumplió doce años, la bruja la encerró en una torre sin puerta ni escalera en un bosque y con una sola y estrecha ventana en lo alto.

Cuando quería entrar, la bruja gritaba desde abajo:

—Rapunzel, Rapunzel, suéltate la trenza y tíramela.

Rapunzel tenía una cabellera larga y preciosa de finos cabellos de oro. En cuanto oía la voz de la bruja, se soltaba la trenza, la anudaba a uno de los ganchos de la ventana y la lanzaba veinte pies más abajo. Así la bruja subía escalando.

Unos años más tarde, cuando el hijo del rey paseaba a caballo por el bosque, pasó junto a la torre. Oyó que surgía de allí un canto tan hermoso y puro que detuvo el caballo para escucharlo mejor. Era Rapunzel, que cantaba con su dulce voz para no sentirse tan sola. El hijo del rey quiso subir a verla y buscó una puerta, pero no encontró ninguna. El joven regresó a su castillo, pero el canto lo había conmovido tanto que no había día que no volviera al bosque para escucharlo. Un día, cuando estaba apostado bajo un árbol, vio llegar a una bruja que gritó:

—Rapunzel, Rapunzel, suéltate la trenza y tíramela.

Rapunzel dejó caer su melena y la bruja subió.

«¿Es esta la escalera que permite subir? —se preguntó el joven—. Si es así, yo también probaré suerte.»

Al día siguiente, en cuanto cayó la noche, se dirigió a la torre y gritó:

—Rapunzel, Rapunzel, suéltate la trenza y tíramela.

Acto seguido, la melena cayó al suelo y el hijo del rey subió escalando.

Al principio, Rapunzel se asustó al ver entrar a un hombre, pues jamás había visto uno. Pero el hijo el rey le habló con amabilidad y le contó que el canto había conmovido tanto su corazón que este no le dejaba en paz.

Rapunzel se calmó y cuando el príncipe le pidió si quería convertirse en su esposa, viéndolo tan joven y apuesto, aceptó. Y pronunció estas palabras:

—Me gustaría acompañarte, pero no sé cómo bajar de aquí. Tráeme un hilo de seda cada vez que me visites, trenzaré una escalera y cuando esté lista bajaré y me llevarás en tu caballo.

Acordaron verse cada noche, ya que la bruja se presentaba durante el día. Esta no advirtió nada hasta el día en que Rapunzel le preguntó:

—Decidme, ¿cómo es posible que me parezcáis más pesada que el hijo del rey, que sube en un instante?

—¡Ay de ti, mala hija! —gritó la bruja—. ¡Yo pensaba haberte apartado del mundo y tú me has traicionado!

Llena de ira, la vieja agarró la melena de Rapunzel y en un abrir y cerrar de ojos le cortó la trenza con unas tijeras. Era tan

despiadada que desterró a la pobre Rapunzel a un lugar desolado donde viviría en la pobreza y la aflicción.

El mismo día en que la princesa fue condenada, la bruja ató la trenza a la ventana y cuando el hijo del rey gritó: «Rapunzel, Rapunzel, suéltate la trenza y tíramela», la bruja dejó caer la trenza por la ventana. En lo alto de la torre, el joven no encontró a su amada Rapunzel, sino a la bruja, que lo esperaba con aire malvado y envenenado.

—¡Ja, ja! —rio ella, burlona—. Has venido a buscar a tu enamorada, pero el pajarito ha abandonado el nido y ya no canta. Se lo ha llevado el gato que ahora te arrancará los ojos. Has perdido a Rapunzel y no la verás nunca más.

El príncipe sintió que le invadía el dolor y desesperado saltó de la torre. Sobrevivió, pero los zarzales sobre los que había caído se le clavaron en los ojos. Erró ciego durante largo tiempo por el bosque, alimentándose de raíces y bayas, y no cesaba de derramar lágrimas por la pérdida de su bien amada.

Tras largos años vagando miserablemente, llegó al desolado lugar donde Rapunzel sobrevivía con los gemelos que había dado a luz, un niño y una niña. El príncipe oyó una voz que le resultó familiar. Se acercó y, cuando Rapunzel lo reconoció, se arrojó a sus brazos llorando.

Dos lágrimas se deslizaron sobre los ojos del príncipe que, al instante, recobró la vista.

Se la llevó a su reino, donde fueron recibidos con alborozo y vivieron en la paz y la felicidad.

El reyezuelo y el oso

Ilustrado por Didier Graffet

El oso y el lobo paseaban por un bosque un día de verano. El oso, al oír el bello canto de un pájaro, preguntó a su compañero:

—¿Qué pájaro es ese que canta tan bien?

—El reyezuelo —contestó el lobo.

—Es el rey de los pájaros —prosiguió el oso—. Me gustaría ver su palacio. ¡Enséñamelo!

—No es tan fácil como tú crees —replicó el lobo—, hay que esperar a que vuelva la reina.

En estas la reina llegó seguida de cerca por el rey. Los dos llevaban en el pico unas lombrices para sus pequeños. El oso se habría acercado gustoso, pero el lobo lo cogió por la pata y le dijo:

—Hay que esperar a que el rey y la reina se hayan marchado.

Retuvieron en la memoria el lugar donde se hallaba el nido y se marcharon.

Pero el oso anhelaba ver el palacio del rey. Volvió al cabo de unos

instantes. El rey y la reina acababan de partir. Echó un vistazo
y distinguió cinco o seis pajaritos en el nido.

—¿Y esto es el palacio del rey? —exclamó el oso entonces—.
Qué casa tan miserable, y vosotros, ¡vosotros no sois hijos de
un rey, sino miserables e insignificantes criaturas!

Estas palabras sublevaron a los pequeños.

—¡No, no! —protestaron—. Nuestros padres son nobles.
Oso, te arrepentirás de tus injurias.

Ante tal amenaza, el oso, asustado, fue a ocultarse a su escondrijo.

Sin embargo, los jóvenes reyezuelos siguieron quejándose
y, cuando sus padres regresaron con la comida, les dijeron:

—No tocaremos ni la pata de una mosca ni nos moveremos
de aquí, aunque tengamos que morirnos de hambre, si no os
vengáis de los insultos del oso.

—No os preocupéis —respondió el anciano reyezuelo—,
ya ajustaremos cuentas.

Voló con la reina hasta la madriguera del oso y le gritó.

—Viejo gruñón, ¿por qué insultas a mis hijos? Te arrepentirás.
Vamos a librar una batalla a muerte.

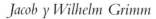

Jacob y Wilhelm Grimm

Así pues declaró la guerra al oso, quien pidió ayuda a todos los cuadrúpedos. El buey, el burro, el ciervo, el cabrito, en fin, todos los animales de cuatro patas.

El reyezuelo, por su parte, convocó a todos los seres que vuelan por los cielos. No solo las aves grandes y pequeñas, sino también a los insectos alados: moscas, mosquitos, abejas y abejorros.

Cuando el día de la batalla se acercaba, el reyezuelo envió espías para saber cuál era el estado general del ejército enemigo.

El mosquito, como era el más delgado de todos, voló por el bosque al lugar en que se reunían las tropas enemigas. Se escondió bajo la hoja de un árbol junto al que estaban discutiendo. El oso llamó al zorro y le dijo:

—Compadre, tú eres el más astuto de los animales; sé nuestro general y dirige tú la batalla.

—De acuerdo —dijo el zorro—, pero ¿qué señales utilizaremos?

Nadie respondió. Entonces el zorro dijo:

—Tengo una hermosa y larga cola con un pelaje rojizo. Mientras la lleve erguida, las cosas irán bien y avanzaréis; pero cuando la baje, será la señal de sálvese quien pueda.

El mosquito, que lo había escuchado todo, regresó a contárselo al reyezuelo.

En cuanto salió el sol, los cuadrúpedos acudieron al campo de batalla haciendo tal ruido que toda la tierra se estremeció. El reyezuelo también llegó por los aires, con un ejército que de tanto zumbar, gritar y volar hacía temblar de miedo.

Fue una batalla encarnizada. El reyezuelo envió al abejorro con la misión de colocarse en la cola del zorro y picarlo con todas sus fuerzas.

Al primer picotazo, la bajó un instante, pero al tercero ya no aguantó más: lanzó un gran grito y puso la cola entre las patas.

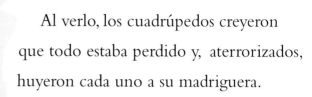

Al verlo, los cuadrúpedos creyeron
que todo estaba perdido y, aterrorizados,
huyeron cada uno a su madriguera.

Los pájaros ganaron así la batalla.

El rey y la reina volaron a su nido
y gritaron a los pequeños:

—Niños, ya podéis estar contentos, comed
y bebed para celebrarlo: hemos ganado la batalla.

—No —dijeron los jóvenes reyezuelos—. Solo comeremos cuando el oso venga a nuestro nido para pedirnos perdón y reconozca nuestra nobleza.

El reyezuelo voló pues hacia la madriguera del oso y le gritó:

—Gruñón, haz el favor de ir al nido de mis hijos, discúlpate con ellos y diles que reconoces que son de alta cuna; en caso contrario, ándate con cuidado.

El oso, atemorizado, acudió dócilmente al nido y pidió perdón. Solo entonces se dieron por satisfechos los jóvenes reyezuelos, comieron, bebieron y festejaron toda la noche.

El rey rana

Ilustrado por Anaïs Rotteleur

En tiempos muy lejanos vivía un rey cuyas hijas eran todas
bellas, pero la más joven era tan hermosa que ni el mismo
sol podía evitar admirarla cada vez que iluminaba su
semblante.

Cerca del castillo del rey se encontraba un gran y sombrío
bosque y en ese bosque una fuente bajo un viejo tilo.

La hija del rey se sentaba durante el día al borde de la clara fuente
y, cuando se aburría, se dedicaba a su entretenimiento
favorito: lanzar al aire una pelota de oro que volvía a atrapar
al vuelo.

Ahora bien, sucedió un día que la pelota de oro no cayó
de nuevo en su manita, sino que salió rodando y desapareció en
la fuente.

La princesa, entonces, se echó a llorar, y llorando estaba
cuando oyó una voz:

—Hija del rey, ¿qué te pasa? Lloras con tal desconsuelo que conmoverías hasta una piedra.

La joven se dio media vuelta y vio que una rana sacaba su cabeza fea y gorda fuera del agua.

—¡Ah, eres tú! Lloro porque mi pelota de oro se ha caído en la fuente.

—Eso puede solucionarse, pero ¿qué me darás si te devuelvo tu juguete?

—Todo lo que quieras, mi rana querida —respondió la princesa—. Mis ropas, mis perlas, mis diamantes e incluso la corona de oro que llevo.

—No quiero nada de todo eso, pero si prometes ser mi amiga, me sumergiré hasta el fondo de la fuente y te traeré tu pelota de oro.

—¡Oh, sí, te lo prometo! —contestó la princesa.

Sin embargo, al mismo tiempo, pensaba:

«¡Bah! ¿Quién iba a ser amigo de esta tonta?»

En cuanto oyó la promesa, la rana se zambulló hasta el fondo y un momento después volvió nadando y arrojó la pelota de oro

a la hierba. La hija del rey se puso la mar de contenta y luego se fue

sin escuchar los croac, croac, croac que lanzaba tristemente la rana.

Al día siguiente, cuando acababa de sentarse a la mesa con

el rey y toda la corte, una cosa empezó a subir por las escaleras de

mármol haciendo: ¡plich!, ¡plach,! ¡plich!, ¡plach! Y luego gritó:

—¡Hija del rey! ¡La más joven! ¡Ábreme!

La hija del rey fue a ver quién la llamaba así y después regresó

a la mesa con aire inquieto. El rey se dio cuenta perfectamente de

su nerviosismo.

—Hija mía, ¿de qué tienes miedo? —preguntó—. ¿Está en la

puerta un gigante que quiere raptarte?

—¡Oh, no! —contestó ella—. No es un gigante, sino una rana

horrible.

—¿Y qué quiere de ti?

Y la princesa lo contó todo, que había perdido la pelota de

oro y la promesa que había hecho a la rana.

—Tienes que cumplir tu palabra —le señaló el rey—. Ve a abrirle.

Y la joven fue a abrir la puerta. La rana entró dando saltos a sus

espaldas hasta llegar a su silla.

—Venga, ahora, acércame a ti —pidió el animal.

Pero la hija del rey se negaba, hasta que el padre se lo ordenó. Y la muchacha obedeció una vez más cuando su padre le pidió que diera de comer a la rana y que la llevara a su habitación.

Entonces la hija del rey se puso a llorar. Tenía tanto miedo de esa rana fría que no se atrevía ni a tocarla. Pero el rey se enfadó e insistió:

—No tienes ningún derecho a despreciar a quien te ha ayudado en la desdicha. Llévala a tu habitación y métela en un rincón.

Pero cuando la rana deseó compartir la misma cama que la muchacha, la princesa montó en cólera, cogió a la rana y la lanzó con todas sus fuerzas contra la pared al tiempo que gritaba:

—¡Toma esta! ¡Y ahora a ver si descansas a tus anchas!

Cuando el animal cayó al suelo, había dejado de ser una rana y era un apuesto príncipe quien, conforme al deseo de su padre, se convirtió en compañero y marido.

Le contó que un hada mala lo había encantado y que nadie, excepto ella, había podido rescatarlo de la fuente.

A continuación, se durmieron y al día siguiente, cuando el sol los despertó, llegó un carruaje tirado por dos caballos. Henry, el fiel servidor del joven príncipe, lo conducía.

Cuando hubieron recorrido un trecho del camino, el príncipe oyó un crujido.

Se dio la vuelta bruscamente gritando:

—¡Henry, se ha roto el coche, te lo juro!

—No, mi señor, no temáis. No es el coche:

Es un círculo de hierro que mi corazón ceñía
y que un dolor incesante me producía
desde que, dando muestra de su odio, esa maligna hada
a la fuente os condenó convirtiéndoos en rana.

Se oyeron otros dos crujidos: eran los otros dos círculos de hierro que saltaban de lo contento que estaba Henry de ver liberado y feliz a su señor.

Yorinda y Yoringuel

Ilustrado por Pascale Breysse

Érase una vez, en medio de un bosque vasto y sombrío, un viejo castillo en el que vivía una anciana completamente sola: era una maestra de brujas. Durante el día se convertía en gato o en lechuza y por la noche recuperaba su forma humana. Si alguien vagaba a cien pasos a la redonda del castillo, se quedaba petrificado y no podía volver a moverse hasta que ella se lo permitía, y si quien entraba en ese círculo era una joven doncella, la bruja la transformaba en pájaro y la encerraba en una jaula que colocaba en una estancia de la fortaleza. ¡Había allí unas siete mil jaulas con raras aves en su interior!

Ahora bien, había una doncella llamada Yorinda.
Era más hermosa que las demás muchachas y estaba prometida a un apuesto doncel que respondía al nombre de Yoringuel.
Un día, para hablar juntos en mayor intimidad, fueron a pasear al bosque.

—Ten cuidado —advirtió Yoringuel— y no te acerques al castillo.

Caminaron inmersos en su conversación y cuando el sol declinó miraron alrededor: se habían perdido y no sabían cómo regresar a sus casas.

Al mirar entre el ramaje, Yoringuel se percató de que estaban muy cerca de los viejos muros del castillo. Se estremeció y una tremenda angustia se apoderó de él.

Yorinda cantaba:

—*Pajarito de anilla roja*
canta pena, pena y pena
la muerte canta de la paloma
la pena canta… ¡tsukuo!, ¡tsukuo!, ¡tsukuo!

Yoringuel miró a Yorinda. Acaba de transformarse en un ruiseñor y cantaba:

—¡Tsukuo!, ¡tsukuo!

Una lechuza de ojos ardientes, planeó tres veces alrededor de la doncella gritando a cada vuelta que daba:

—¡Uju!, ¡uju!, ¡uju!

Yoringuel era incapaz de moverse: se quedó como una piedra, sin llorar, sin hablar, inmóvil de pies y manos.

El sol se había puesto. La lechuza se metió volando en un matorral, de donde pronto salió una anciana jorobada, amarillenta y flaca, con unos ojos grandes y rojos y una nariz ganchuda cuya punta le llegaba hasta la barbilla.

Masculló unas palabras, agarró al ruiseñor y se lo llevó. Nada podía hacer Yoringuel, ni siquiera moverse de su sitio.

El ruiseñor ya no estaba.

La anciana regresó después y dijo con voz ahogada:

—Hola, Zaquiel, cuando la luna se refleje en el cesto, desátalo, Zaquiel, en el momento preciso.

Entonces Yoringuel recuperó el movimiento. Se hincó de rodillas ante la anciana y le rogó que le devolviera a su Yorinda, pero ella le respondió que jamás volvería a verla y se marchó.

—¿Qué va a ser de mí? —se lamentaba Yoringuel.

Llegó al final a un pueblo desconocido donde trabajó largo tiempo de pastor. Con frecuencia miraba de lejos el castillo. Una noche por fin, soñó que encontraba una flor roja en cuyo corazón había una perla grande y hermosa. La cogía y se dirigía con ella a la fortaleza. Todo lo que con ella tocaba se libraba de un maleficio. Soñó que así recuperaba a su Yorinda.

Por la mañana, cuando despertó, partió por montes y por valles en busca de una flor similar. Durante nueve días no cesó de buscarla y, un amanecer, la encontró. Había una gran gota de rocío, tan grande como la más bella perla, en medio de la flor. Yorindel se dirigió con ella al castillo.

Nada lo detuvo a cien pasos de la fortaleza, así que logró alcanzar la entrada. Yoringuel no cabía en sí de alegría: tocó con la flor la puerta y esta se abrió. Una vez que estuvo dentro, llegó a una sala en que la bruja daba de comer a los pájaros

encerrados en siete mil jaulas. Al ver a Yoringuel, la vieja montó
en cólera y se puso a insultarlo y arrojar contra él su rabia
y su ira, pero le resultaba imposible acercarse a menos de dos
pasos de él. El joven no prestó atención a la bruja y se aproximó

a las jaulas, pero como había en ellas centenares de ruiseñores no le fue fácil encontrarla.

Mientras estaba buscando, se percató de que la vieja se había apropiado de una jaula con un pájaro e intentaba alcanzar la puerta. Enseguida se arrojó sobre ella, tocó con la flor la jaula y a la bruja, que, de golpe, perdió sus maléficos poderes.

¡Yorinda se arrojó en brazos de su prometido! Era tan hermosa como siempre.

Yoringuel liberó a todas las doncellas transformadas en aves y luego regresó a casa con su Yorinda. Y los dos vivieron felices por mucho tiempo.

Piel de asno

Ilustrado por Clémence Pénicaud

É rase una vez un rey que tenía una hija hermosa como
la aurora.

Cuando creció, la joven mostraba tal parecido con
la difunta y bien amada esposa del soberano que a este le inflamó
una ardiente pasión por ella.

—Quiero casarme con mi hija —anunció a sus consejeros.

Todos se asustaron al oír estas palabras y, con la esperanza de que cambiara de parecer, la misma princesa le dijo:

—Antes de someterme a vuestro deseo, quisiera tener tres vestidos: el primero del mismo oro que el sol, el segundo de la misma plata que la luna y el tercero con el mismo brillo que las estrellas. Para llevar encima quiero un manto que esté hecho con los pelajes de los animales que viven en el reino.

El rey no se dejó desalentar por esta petición y, cuando todo hubo concluido, declaró a la hija:

—Mañana se celebrarán las bodas.

La princesa decidió huir al bosque tras haber cogido de sus arcas una sortija, un torno y una devanadera de oro y haber cuidado de embadurnarse la cara de tierra para que no la reconocieran. Tampoco había olvidado llevarse los tres vestidos y el manto.

El monarca de un país vecino, que perseguía a un ciervo con sus cortesanos, llegó a un claro del bosque y ordenó:

—Id a ver qué presa se agazapa por ahí.

Los cazadores, que habían confundido a la joven con un animal, revelaron entonces su desprecio y se burlaron de esa muchacha insignificante llamándola «Piel de asno», luego la cogieron para dejarla en la cocina del castillo donde le encargaron que se ocupara del trabajo más duro.

Se sucedieron los días, algunos más agotadores que otros, pero llegó uno en que se celebró una gran fiesta en el castillo.

Sin que nadie la reconociera, Piel de asno consiguió asistir al festejo cubierta con el vestido que resplandecía como el sol y el rey tuvo la breve oportunidad de observar su singular belleza.

Y cuando de vuelta a los fogones Piel de asno preparaba la cena del rey, cogió el anillo de oro de su cuchitril y lo depositó en el fondo de la sopera, donde el rey lo encontró.

El rey comunicó que nunca había saboreado nada mejor que esa sopa y se quedó con el anillo.

Pasado un tiempo, se celebró otra fiesta y Piel de asno acudió a ella ataviada con su vestido color luna. El rey, impresionado por tal esplendor, abrió el baile con ella, pero una vez concluida su danza la muchacha desapareció en un instante para regresar a la cocina. Aprovechando la ausencia del cocinero, esta vez puso su pequeño torno de oro en la sopera, donde el rey lo encontró.

Como la vez precedente, el cocinero tuvo que confesar que el exquisito manjar era obra de Piel de asno. La llamaron pues ante el rey y le contó que ella no servía más que para que le lanzaran botas a la cabeza y que no sabía nada en absoluto del pequeño torno de oro.

Cuando el rey convocó una tercera fiesta, la joven se puso
el vestido que tenía todo el brillo de las estrellas y penetró en el
gran salón como si fuera una reina. El rey volvió a bailar con ella
y pensó, al contemplarla, que estaba más hermosa que nunca.
Mientras bailaban, le puso en el dedo, sin que ella se percatara,
el anillo de oro.

Al final del baile, el rey intentó retenerla cogiéndola de la
mano, pero ella se soltó tan enérgicamente que consiguió huir.
El rey tuvo la impresión de que se había desvanecido en el aire.
La muchacha corrió a la cocina tan deprisa que se quedó sin aliento
y allí preparó una vez más la cena del rey en la que puso, en esa
ocasión, la devanadera de oro, que el rey encontró.

Entonces mandó llamar a Piel de asno. Ella acudió y él vio
el anillo que le había puesto en secreto durante el baile. Entonces
la tomó de la mano y no la dejó marchar. Ella luchaba por liberarse
de él y, en medio del forcejeo, se entreabrió la pelliza que la cubría
y se distinguió el destello del brillante vestido de estrellas.

El rey le quitó el manto y la hermosa cabellera de la joven cayó
suelta y esta se mostró en todo su esplendor, ya imposible de ocultar

al igual que no podía disimular quién era. Y cuando se hubo lavado
el hollín del rostro y la ceniza de las manos, su hermosura
no tenía igual en toda la tierra.

—Eres mi amor
y mi prometida
—le dijo el rey—,
y nunca, nunca jamás
nos separaremos
el uno del otro.

Se celebraron las
nupcias y los dos
vivieron felices
hasta la muerte.

Hansel y Gretel

Ilustrado por Quitterie de Castelbajac

En la linde de un gran bosque vivía un pobre leñador con su esposa y sus dos hijos.

El niño se llamaba Hansel y la niña Gretel.

Un invierno fue tal la hambruna que sufrió la región que el leñador dijo a su esposa suspirando:

—¿Cómo vamos a seguir alimentando a nuestros hijos si ya no nos queda nada?

—¿Sabes, esposo mío? —respondió la mujer—. Mañana al amanecer llevaremos a los niños al bosque y los abandonaremos. Como no encontrarán el camino de vuelta, nos libraremos de ellos para siempre.

Sin embargo, los pequeños, que estaban detrás de la puerta, lo oyeron todo...

Al despuntar el alba, la mujer despertó a su marido y a los dos críos, y los cuatro se encaminaron rumbo al sombrío bosque.

Al llegar el mediodía, Gretel compartió el pan con Hansel, quien había arrojado miguitas del suyo para encontrar el trayecto de vuelta. Los padres desaparecieron con el pretexto de ir a recoger leña para encender un fuego. Entonces los dos hermanos se durmieron apretados el uno contra el otro, pasó la tarde y nadie regresó a su lado. No se despertaron hasta que fue noche cerrada y, cuando salió la luna, se pusieron en pie y buscaron las migas de pan; pero los pájaros, también hambrientos, se las habían comido.

Caminaron toda la noche y el día después, desde la salida hasta la puesta de sol, y el hambre se apoderó de ellos y no les abandonó. Entonces, agotados, se tendieron bajo un árbol y se durmieron.

La tercera mañana de su marcha, descubrieron una extraña casita construida con dulces: las paredes eran de pan de jengibre, la puerta de turrón y las ventanas de azúcar candi.

Así que los dos hermanos se pusieron a comer y comer, atracándose felices de golosinas.

Pero de golpe apareció ante ellos una mujer vieja como las piedras... Los invitó a entrar y les ofreció su hospitalidad.

Ellos se introdujeron confiados en la casita, pero... era una trampa, pues la bruja, en cuanto los había visto, había planeado:

«Con el niño me daré un festín y la niña será mi criada».

Cuando los niños comprendieron que eran prisioneros de una bruja, ya era demasiado tarde. En los días que siguieron, Gretel solo comía cáscaras de cangrejo y todas las mañanas la bruja iba a la cuadra y gritaba:

—Hansel, enséñame el dedito para que yo vea si has engordado lo suficiente.

Y el niño le enseñaba un hueso de pollo para mostrarle lo delgado que estaba...

Transcurrieron cuatro semanas y, una mañana, la vieja perdió la paciencia.

—Venga, Gretel, date prisa y trae agua —ordenó a la niña—. Esté flaco o gordo, mañana mato a Hansel y preparo con él un cocido.

—¡Ay! —se lamentó la pobre hermanita—. ¡Ojalá nos hubieran devorado las fieras del bosque! ¡Al menos habríamos muerto juntos!

Ese mismo día, Gretel tuvo
que ir a buscar el caldero, llenarlo
de agua y encender el horno del
pan. —Sube ahí dentro para ver si
está lo bastante caliente y podemos
hornear unas hogazas de pan
—mandó la vieja.

Pero Gretel replicó que no sabía
cómo hacerlo y, cuando la bruja se dispuso
a mostrárselo, Gretel le propinó un
empujón tal que la arrojó en el horno,
luego cerró la puerta de hierro y corrió
el pestillo. ¡Buff!

La vieja se puso a dar unos gritos
horribles, pero Gretel se marchó y la maldita vieja se quemó
toda entera.

Gretel corrió de inmediato a liberar a Hansel, que estaba
encerrado en la cuadra. Hecho esto, los hermanos brincaron
de alegría y se besaron.

Como no había nada que temer, recorrieron toda la casa de la bruja.

Estaba llena de cajas de perlas y piedras preciosas…

Al marchar, se cuidaron de abastecerse con víveres para el camino y leña para calentarse durante la noche.

Caminaron con coraje durante tres días y, una mañana, el bosque se les hizo más y más familiar. Y, por fin, vieron la casa de su padre. Entonces, se echaron a correr, se precipitaron en la habitación y saltaron al cuello de su progenitor.

El padre no había tenido ni una hora de descanso desde del momento en que dejó a sus hijos en el bosque. Su malvada mujer había muerto.

Gretel vació una caja que cargaba haciendo rodar las perlas y piedras preciosas que contenía, mientras que Hansel sacaba de sus bolsillos puñados de ellas.

Las penas llegaron a su fin y vivieron todos juntos felices para siempre jamás.

La pastora de ocas

Ilustrado por Hanoa Silvy

Érase una vez una anciana reina que había prometido a su encantadora hija menor a un príncipe que vivía en un lejano país extranjero.

Cuando llegó el momento de contraer matrimonio, confió su hija a una doncella de cámara que debía entregar la novia a su futuro esposo.

Se dio un caballo a cada uno para realizar el viaje, pero el de la joven muchacha se llamaba *Falada* y sabía hablar.

Cuando llegó la hora del adiós, la anciana madre se metió en su dormitorio, cogió un cuchillito y dejó caer tres gotas de su sangre sobre un pequeño pañuelo blanco.

—Querida hija, conserva bien esto: lo necesitarás por el camino.

Se despidieron tristemente la una de la otra. La hija del rey escondió el pañuelo en su seno, montó a caballo y partió al encuentro de su futuro esposo.

Cuando la prometida y su doncella llevaban cabalgando una hora, la joven sintió una sed terrible y quiso beber agua.

—Si tenéis sed —respondió la doncella de cámara—, bajad vos misma e inclinaos a beber.

—¡Ay, Dios mío! —suspiró la joven.

—Si tu madre lo supiera —advirtieron las tres gotas de sangre—, se le rompería el corazón de pena.

Pero al agacharse para beber, el pañuelo cayó en el arroyo. Privada de la protección materna, se vio obligada a sacarse la vestimenta real y ponerse los harapos de la criada, y luego a cambiar *Falada* por una montura peor. La doncella también le hizo jurar que no contaría ninguna de todas estas atrocidades o perdería la vida.

Y así fue como llegaron al castillo de su prometido.

El anciano rey, que miraba por la ventana, vio a una joven de pie en el patio y, al encontrarla tan grácil y bonita, preguntó a la sirvienta disfrazada de princesa quién era.

—La he recogido por el camino para que me hiciera compañía, dadle qué hacer para que no permanezca ociosa.

—Tengo a un muchachito que cuida de las ocas, ella podría ayudarlo.

Y así se decidió.

Pero la doncella disfrazada de princesa temía que el caballo *Falada* la traicionase y acabó convenciendo al rey para que lo matara y clavara su cabeza en la gran puerta de la ciudad.

El verdugo hizo su tarea
y clavó sólidamente la cabeza
en la oscura puerta.

A la mañana siguiente y
los días posteriores, la auténtica
princesa y Conrado, el muchachito, salían para ir al campo. Y quien
pasaba por ahí oía decir a la pastora:

—¡Oh, *Falada*! ¿Qué haces ahí expuesta?

Y la cabeza respondía:

—¡Oh, joven reina!, ¿adónde vas! ¡Si tu madre lo supiera, su desdichado corazón, ay, se rompería!

Una noche que Conrado ya no aguantaba más, se dirigió
al anciano rey y le anunció:

—No quiero cuidar de las ocas con esa chica.

Al oír estas palabras, el anciano pidió a Conrado que se lo
contara todo.

—Por las mañanas, cuando pasamos con las ocas por la puerta
sombría —dijo—, hay una cabeza de caballo que ¡habla! y además

la chica se niega a darme ni uno solo de sus cabellos de oro cuando se peina en el prado.

El anciano rey le ordenó que continuara con su tarea junto a la joven, pero decidió seguirlos en secreto.

Fue testigo de todo y regresó sin ser advertido. Cuando llegada la noche la pastora de ocas volvió, le pidió que le explicara el motivo de su silencio.

—No puedo confiar a nadie mi sufrimiento porque con ello arriesgaría mi vida.

—Si no quieres decirme nada a mí —respondió entonces el rey—, cuenta tu historia a esta estufa de hierro.

Así que la joven se deslizó dentro de la estufa y rompió a llorar diciendo:

—Soy la hija de un rey. Una falsa doncella me ha obligado a desprenderme de mis vestiduras reales y me ha quitado el sitio junto a mi prometido. Si mi madre lo supiera, su corazón se rompería de pena.

El rey, que estaba en el otro extremo del tubo y lo había escuchado todo, la animó a salir de la estufa, mandó que se vistiera con sus ropas de princesa y todos se maravillaron de lo hermosa que era. Luego llamó a su hijo y le contó toda la verdad.

Un poco más tarde, convocaron a la auténtica sirvienta, que ignoraba el reciente descubrimiento. El rey le expuso con destreza las miserias que había hecho sufrir a la princesa sin nombrarla y le preguntó qué merecería, según su parecer, una persona tan malévola.

—Merecería que la desvistieran, la metieran en un tonel lleno de clavos afilados y la pasearan públicamente.

—Pues bien —dijo el príncipe—, esa mentirosa eres tú y serás tratada como corresponde.

Y cuando la sentencia fue ejecutada, el joven príncipe, convertido en rey, y su esposa gobernaron su reino en la paz y la felicidad.

El sastrecillo astuto

Ilustrado por Raphaëlle Michaud

Érase una vez una princesa tan orgullosa que se burlaba de todos sus pretendientes cuando estos no sabían responder a sus acertijos. Llegó a declarar públicamente que aquel que adivinara el enigma que ella planteaba se convertiría en su esposo y que todo el que lo deseara podía presentarse.

Tres sastres se sumaron a las filas: los dos de más edad pensaban que sabían coser tantos puntos delicados y sutiles que no podrían fallar; el menor, un compadre alegre que no tenía ni idea de nada, contaba con su suerte. ¡Qué hacer si no!

—Pero quédate en casa —le aconsejaron los otros dos—. Con los pocos conocimientos de que dispones no debes apuntar muy alto.

Pero el sastrecillo no se dejó convencer y les respondió que ya se las arreglaría. Y lo dijo con tanto aplomo como si fuera el amo del mundo.

Los tres se hicieron pues anunciar a la princesa indicándole que no tenía más que plantearles el enigma y que ya sabría a cuál elegir.

La princesa les dijo entonces:

—En la cabeza tengo dos tipos de cabello. ¿De qué color son?

—Fácil —observó el primer sastre—, negro y blanco, como esa ropa que se llama sal y pimienta.

—Respuesta equivocada —sentenció la princesa—. Que hable el segundo.

—Si no es blanco y negro, debe de ser castaño y rojizo, como el traje de las fiestas del señor mi padre.

—Respuesa equivocada —sentenció la princesa—. ¡El tercero!

El sastrecillo se adelantó con audacia y dijo:

—La princesa lleva en la cabeza un tocado de plata y oro, y tales son los dos colores.

La princesa palideció al escuchar esas palabras y casi se cayó de espaldas. Pero tras recuperarse dijo:

—¡Todavía no has ganado! Todavía tienes que realizar una tarea: tengo un oso abajo, en la cuadra, debes pasar una noche con él en su jaula. Cuando me despierte mañana, si todavía estás vivo, me casaré contigo.

Había pensado que con eso se libraría para siempre del sastrecillo.

«Quien no se arriesga nada consigue —pensó el sastrecillo—, la suerte sonríe a los audaces.»

Al anochecer, lo condujeron a la jaula del oso, que ya se disponía a darle la bienvenida con unos cuantos zarpazos.

—¡Tranquilo! ¡Tranquilo! —le dijo el sastrecillo—. Ahora mismo voy a calmarte.

Y con toda la parsimonia se sacó unas almendras del bolsillo y abrió unas cuantas con los dientes. Al instante, el oso quiso hacer lo mismo y el sastrecillo tomó un puñado. Pero esta vez no eran almendras de verdad, sino piedras que tenían el mismo color y forma, pero que en vano el oso mordió y apretó con todas sus fuerzas entre las mandíbulas.

Cuando el pobre oso hubo terminado de esforzarse sin éxito alguno, el sastrecillo sacó un violín y se puso a tocar una melodía que el oso, feliz, no tardó en ponerse a bailar.

—¡Ah —exclamó el oso—, cuánto me gustaría aprender a tocar así! ¡Podría bailar siempre que me apeteciera! ¿No quieres enseñarme?

—Encantado, si estás dotado —respondió el sastrecillo—. Pero muéstrame las patas… ¡Uy! Estas garras son demasiado largas. Primero hay que recortarlas un poco. Con unas uñas así, no se puede tocar.

Pidió que le trajeran un torno. El oso colocó las patas en el interior y el sastrecillo apretó, apretó con todas sus fuerzas antes de advertir:

—Y ahora espera, que voy a buscar las tijeras.

Pero no hizo nada y dejó al oso gruñendo mientras que él se tendía en un rinconcito a dormir, confortablemente, sobre la paja.

La princesa, al oír al oso emitir tan terribles gruñidos durante la noche, creyó sus planes cumplidos. Pero, ¡sorpresa!, al ir a echar un vistazo a la cuadra y ver que el sastrecillo se paseaba tan ufano delante de la puerta, se le cortó la respiración.

Y… ¿qué podía hacer contra eso? Había dado su palabra y se había comprometido de forma oficial.

El rey mandó entonces traer una carroza y la princesa se subió a ella con su sastrecillo para ir a la iglesia y que bendijeran el matrimonio.

Y así fue como nuestro sastrecillo se casó con la princesa, con quien vivió más feliz que una perdiz.

Y colorín colorado este cuento se ha acabado.

La bella durmiente del bosque

Ilustrado por Estelle Chandelier

Érase una vez un rey y una reina que anhelaban tener un hijo. Un día, cuando la reina se estaba bañando, una rana le anunció que antes de un año sus deseos se cumplirían y daría a luz a una niña.

Y así fue, ocurrió como había dicho la rana y la pequeña era tan bonita que el rey, que no cabía en sí de alegría, quiso celebrar una gran fiesta.

Las doce hadas invitadas concedieron un don a la niña: una le regaló la virtud; otra, la belleza; una tercera, la inteligencia; y así sucesivamente.

Apenas había formulado su deseo la última hada, cuando la puerta se abrió con violencia y entró, iracunda, una decimotercera hada a quien habían olvidado invitar a los festejos.

Inclinada sobre la cuna, el hada farfulló:

—Cuando cumpla quince años, la princesa se pinchará con un huso y caerá vencida por un sueño que durará una centuria.

El rey, intentando proteger a su querida hija de la maldición, ordenó que quemaran todos los husos del reino.

Habiendo desarrollado las cualidades que le concedieron las hadas, la niña era tan bella, virtuosa e inteligente que todos los que la veían la amaban.

El día que cumplía quince años, sus padres se habían
ausentado y ella paseaba por un antiquísimo torreón.
Había en lo alto una puerta muy pequeña que se abrió
de golpe cuando la niña giró la llave en la cerradura.

Una anciana con un huso en la mano hilaba en el interior.

—Buenos días —saludó la prinesa—, ¿qué estás haciendo?

—Estoy hilando —contestó la anciana con un pequeño
movimiento de cabeza.

—¿Y qué es esto que tan alegremente brinca por aquí?
—preguntó la niña cogiendo el huso para intentar también
ella hilar.

Pero apenas lo hubo tocado, se pinchó el dedo y se sumió
en un profundo sueño. Y todo el castillo se adormeció: el rey
y la reina se durmieron al llegar, y toda la corte con ellos.

En los establos se durmieron los caballos, los perros en
el patio, las palomas sobre el tejado y las moscas en las paredes.

Entonces creció alrededor del castillo una maleza de
espinos que con cada mes que pasaba más espesa se hacía,
hasta acabar no rodeando, sino cubriendo el recinto.

Y así fue como lentamente circuló por esas tierras la
leyenda de la bella Flor de Espino (con ese nombre se
conocía a la princesa) que dormía bajo
el zarzal.

Habían transcurrido muchos años,
cuando ocurrió que un hijo del rey
cabalgaba por esas tierras y oyó
lo que contaba un anciano

sobre la espléndida belleza, llamada Flor de Espino, que llevaba
cien años dormida.

El joven declaró:

—A mí los zarzales espesos no me dan ningún miedo:
quiero ver a la bella princesa Flor de Espino.

De hecho, sin embargo, acababa
de pasar la centuria y había llegado el
día en que la princesa debía despertar.

Cuando el príncipe se dirigió a la maleza espinosa, ante sus ojos había diseminadas unas grandes y bellas flores que se apartaban para dejarle paso y volvían a cerrarse a sus espaldas formando una densa masa.

En el interior del castillo, el joven vio a los miembros de la corte tumbados en cualquier sitio y durmiendo; y más arriba, cerca del trono, los mismos reyes estaban tendidos. Siguió avanzando, todo estaba tan tranquilo y el silencio era tan perfecto que hasta oía su propia respiración. Al final, el príncipe subió por un viejo torreón y abrió la puerta de una pequeña habitación donde dormía la princesa Flor de Espino.

Era tan sumamente bella que no podía apartar la mirada de ella y se inclinó para besarla.

Con el roce de los labios, Flor de Espino despertó y miró con ternura al príncipe.

Bajaron juntos y toda la corte volvió en sí.

En el patio, los caballos se levantaron, los perros de caza brincaron y movieron la cola, las palomas emprendieron el vuelo y las moscas volvieron a subir por las paredes al tiempo que el fuego se reavivaba en la cocina y con sus claras llamas calentaba la comida. La cocinera, entre tanto, reanudó la tarea de desplumar las aves.

Se celebraron entonces en todo su esplendor las bodas del príncipe y la bella princesa a la que la leyenda conocía como Flor de Espino, y vivieron felices hasta el fin de sus días.

Los siete cuervos

Ilustrado por Pascale Breysse

Un hombre tenía siete hijos y, para su gran desdicha, no tenía hija ninguna. Por fin su esposa le dio una. Su alegría fue inmensa, pero la niña era muy pequeña y decidieron bautizarla a causa de su fragilidad.

El padre envió a uno de los chicos a toda prisa a coger agua del pozo; los otros seis corrieron tras él y empezaron a pelearse por quién llenaba el cántaro, hasta que este cayó al agua.

Desconcertados y sin atreverse a volver a casa se quedaron allí.

Como no regresaban, el padre perdió la paciencia y dijo:

—Los muy tunantes deben de estar jugando a cualquier cosa y se habrán olvidado de lo que les he pedido.

Temiendo ver fallecer a su hija antes de ser bautizada y exclamó iracundo:

—¡Quisiera verlos a todos transformados en cuervos!

En cuanto hubo pronunciado estas

palabras, escuchó un batir de alas por encima de su cabeza y descubrió que se aproximaban siete cuervos negros.

Ya era tarde para desdecirse de la maldición. Aun así, los padres se consolaron de la pérdida de sus hijos al ver a su hijita recuperar fuerzas y hacerse más hermosa día tras día. Durante mucho tiempo la niña ignoró que había tenido hermanos, pues los padres se guardaron mucho de contárselo, hasta que un día oyó decir a los vecinos que era realmente bonita, pero que, no obstante, había sido la causa de la desgracia de sus siete hermanos. La noticia la entristeció y preguntó a sus padres si tenía hermanos y qué les había sucedido. De modo que ya no lograron mantener por más tiempo el secreto. De todas formas, le dijeron que había sido voluntad del cielo y que su nacimiento era la causa involuntaria de su desgracia.

Pese a ello, la niña se sentía culpable y pensaba que debía liberar a sus hermanos del encantamiento que pesaba sobre ellos. No hallaría reposo hasta que hubiera recorrido el universo entero buscándolos, por lo que abandonó furtivamente su hogar. Solo se llevó un anillito como recuerdo de sus padres, un pan para saciar el hambre, un cántaro para apagar la sed y una sillita para cuando estuviera cansada.

No dejó de avanzar hasta que llegó al fin del mundo.

Llegó hasta el sol, pero estaba demasiado caliente y se comía a los niños pequeños. Lo dejó a toda prisa y corrió hacia la luna, pero era fría, desapacible y mala. Al ver a la niña dijo:

—Huelo, huelo la carne humana.

La niña se dio la vuelta deprisa y se dirigió a las estrellas. Estas
le ofrecieron una amistosa bienvenida desde sus pequeños asientos.
La estrella matutina se levantó, le dio un huesecito y le dijo:

—Sin este huesecito no podrás abrir la montaña de cristal
y es en esa montaña donde se encuentran tus hermanos.

La pequeña cogió el hueso, lo envolvió cuidadosamente en su
pañuelo y prosiguió su marcha hasta la montaña de cristal. Tenía la
puerta cerrada, sacó el hueso para abrirla; pero no estaba, había perdido el regalo de las estrellas. ¿Qué hacer? Quería salvar a sus hermanos
y ya no disponía de la llave de la montaña. La buena hermanita cogió
el cuchillo, cortó uno de sus lindos deditos, lo introdujo en la cerradura y consiguió abrir. En el interior, un enano salió a su encuentro.

—Hija mía, ¿que has venido a buscar aquí? —preguntó a la niña.

—Busco a mis hermanos, los siete cuervos —respondió ella.

—Los señores cuervos no están ahora en casa —informó el
enano—, pero si quieres aguardar a que lleguen, entra.

El enano sirvió la cena de los cuervos en siete platitos y
en siete cuencos, y la hermanita tomó un bocado de cada plato
y un traguito de cada cuenco, pero en el último dejó caer el anillo

que llevaba. De repente oyó en el aire un batir de alas acompañado de unos graznidos, y el enano anunció:

—Son los señores cuervos que están de vuelta.

Así era, en efecto, y hambrientos y sedientos como estaban se dirigieron a sus platos y cuencos.

—¿Quién ha comido de mi plato? ¿Quién ha bebido de mi cuenco? —preguntaba uno tras otro—. Uno labios humanos los han rozado.

Y cuando el último hubo vaciado su cuenco, advirtió el anillo. Lo cogió y vio que pertenecía a sus padres y dijo:

—Quisiera Dios que nuestra hermanita esté aquí, nos libraría del maleficio.

Al oír estas palabras, la niña, que se escondía detrás de la puerta, apareció y al momento los cuervos recuperaron su forma humana. Se besaron y abrazaron largo tiempo y regresaron felices a su hogar.

El Enano Saltarín

Ilustrado por Anne Defréville

Érase una vez un molinero que era muy pobre, pero que tenía una hija muy bonita.

Sin embargo, un día, para presumir, le dijo al rey:

—Tengo una hija que al hilar transforma la paja en oro.

—Pues esta es una virtud que me agrada —respondió el monarca—. Si tu hija es tan diestra, tráemela mañana al castillo: la pondré a prueba.

Cuando la muchacha llegó, el rey la condujo a una habitación
llena de paja, le dio una rueca y un huso. Luego salió advirtiéndole
que si la tarea que su padre había prometido no estaba cumplida, al
día siguiente la mataría. Dicho esto, cerró la puerta de la habitación
y ella se quedó sola.

Y la pobre molinera lloraba desconsoladamente cuando, de repente, la puerta se abrió y un hombrecito entró.

—Buenas tardes, bella molinera —la saludó—. ¿Por qué lloras tanto?

—¡Ay de mí! —contestó la joven—, tengo que hilar esta paja y convertirla en oro y no sé cómo hacerlo.

—¿Qué me darás si hilo por ti? —preguntó el hombrecillo.

—Mi collar —respondió la joven.

El hombrecillo cogió el collar, se sentó junto a la rueca y se puso a hilar, hilar e hilar, tanto y tan bien que por la mañana toda la paja estaba hilada y las bobinas, llenas de oro.

En cuanto salió el sol, apareció el rey. Maravillado, quiso repetir la experiencia. El hombrecillo volvió y la molinera le dio esta vez su anillo. Al día siguiente, el milagro se había vuelto a producir.

A la vista del oro, el rey estuvo tan contento que dijo a la jovencita:

—Esta noche me hilarás todo esto y, si lo consigues, te convertiré en mi esposa.

«Aunque sea una simple molinera —pensaba—, no podré encontrar en el mundo una mujer más rica.»

Cuando la joven se quedó a solas y desamparada, el hombrecillo regresó por tercera vez. Ya que no tenía más joyas, tuvo que comprometerse a entregarle su primer hijo si hacía el milagro que el rey esperaba.

Y el hombrecillo hiló una vez más convirtiendo la paja en oro.

Por la mañana, cuando llegó el rey y encontró su deseo cumplido, se casó con la bella molinera, que se convirtió en reina y contrajo matrimonio en una de las más preciosas ceremonias que imaginar se pueda.

Un año después dio a luz a un hermoso niño. Se había olvidado ya del hombrecillo cuando este apareció de golpe en su habitación.

—Venga —dijo—, dame ahora lo que me prometiste.

La reina vaciló y propuso al hombrecillo que le daría todos los tesoros del reino si le dejaba quedarse a su hijo.

—No —respondió él—, prefiero algo vivo a todos los tesoros del mundo.

Entonces la reina se puso a llorar tanto que el hombrecillo le dijo.

—Te concedo tres días más. Si durante ese tiempo consigues saber cómo me llamo, no me llevaré al niño.

Durante toda la noche, la reina recordó todos los nombres posibles e incluso delegó a un fiel mensajero que reuniera otros nombres sumamente singulares.

Al día siguiente, cuando volvió el hombrecillo, ella enumeró los tres nombres: Melchor, Gaspar y Baltasar. Al día siguiente, repitió al hombrecillo otros nombres más extraños todavía; pero él siempre respondía:

—Yo no me llamo así.

El tercer día, el mensajero volvió y contó lo que sigue:

—Señora mía, llegado una noche cerca de una alta montaña, en un rincón del bosque donde zorros y liebres se desean las buenas noches, vi una casita ante la cual ardía un fuego, alrededor de él brincaba un hombrecillo muy raro que bailando a la pata coja cantaba:

Hoy amaso,

mañana hago cerveza,

pasado mañana recojo al hijo de la reina.

¡Qué dicha que nadie sepa

que me llamo El Enano Saltarín!

Ya podéis imaginar lo contenta que estaba la reina al enterarse de ese nombre, así que cuando el hombrecillo volvió, le dijo:

—¿No te llamarás acaso El Enano Saltarín?

El hombrecillo se puso verde y azul de rabia.

—¡Debe de habértelo dicho el diablo! ¡Debe de habértelo dicho el diablo! —gritaba dando vueltas.

Y dio tal violenta patada al suelo con el pie derecho que la pierna se le metió hasta el vientre. Luego, llevado por su rencor y furia, se cogió el pie izquierdo con las dos manos y se partió él mismo de abajo arriba.

Los músicos de Bremen

Ilustrado por Jérôme Brasseur

Había una vez un viejo molinero que tenía un buen asno llamado *Grisón*. Cada día, ese asno llevaba los sacos de trigo al molino sin quejarse jamás del mal humor de su dueño. Pero el asno envejecía y, poco a poco, sus fuerzas se iban debilitando. El molinero pensó un día que ya era hora de desprenderse de él.

Así que a golpes de palo ahuyentó al desgraciado animal. El pobre asno, con las orejas gachas, emprendió el camino hacia Bremen. Soñaba en que no tardaría en convertirse en un músico al servicio de la ciudad.

Por el camino se encontró con un perro de caza que gemía en la cuneta.

—Y bien, *Busca*, ¿qué haces así, esperando la muerte? —preguntó el asno.

—Me hago viejo… —respondió el perro—. Ya no cazo como lo hacía antes y mi dueño, desagradecido, quería

matarme, así que me he escapado. Pero ¿dónde viviré a partir
de ahora?

—Yo me dirijo a Bremen para convertirme en músico. Vente
conmigo —le propuso *Grisón*—. ¡Nos lo pasaremos muy bien!

Ambos partieron juntos bajo el cálido sol de verano. Un poco
más lejos, por el camino, encontraron a un gato que se paseaba
por los trigales.

—Y bien, viejo *Micifuz*, ¿por qué tienes esta cara tan triste?
—le preguntó el asno.

—¡Me he escapado de casa de mi ama! —respondió el gato—.
Como pasaba más rato junto a la estufa que en el sótano o en el
granero cazando ratones, ha querido ahogarme. He huido mientras
intentaba atraparme. Y ahora, no sé adónde ir…

—Vente con nosotros a Bremen. Tú también sabes de música,
¡tocaremos juntos!

Los tres compadres no tardaron en llegar delante de una granja
que conocían bien.

Ya hacía tiempo que el sol estaba en lo alto del cielo… sin embargo, el gallo gritaba con todas sus fuerzas desde un pequeño muro.

—¡Detente, *Cantaclaro*, vas a agujerearnos los tímpanos! —exclamó *Micifuz*—. ¿Por qué gritas de esta forma?

—Este es el último canto de mi existencia… —respondió el gallo con tristeza—. La granjera quiere que la cocinera me corte el gaznate al amanecer y que luego me sirva en la mesa.

—Puesto que cantas tan bien —le contestó *Grisón*, con aire malicioso—, ¡únete a nosotros! Nos vamos los tres a Bremen para convertirnos en grandes músicos…

Acto seguido, el gallo dejó de cantar, saltó de su murete y se posó sobre la grupa del asno. Los cuatro amigos reemprendieron el camino, contándose por turno todo lo que habían tenido que aguantar durante sus largos años de servidumbre.

Como Bremen era una ciudad lejana, nuestros cuatro colegas decidieron buscar un lugar donde descansar. El gallo se posó en lo alto de un gran roble para examinar los alrededores.

Después de haber observado por todos los lados, divisó una luz.

El gato se apresuró a reunirse con él, subiéndose ágilmente al árbol. Gracias a su penetrante vista, confirmó lo que decía el gallo.

—¡Veo una luz que brilla a lo lejos! Procede de una casita.

—¡Dejemos el bosque! —exclamó *Grisón*—. Vamos a ver si allí la cama y la comida son mejores.

Se pusieron en marcha de inmediato, llegaron junto a una pequeña cabaña de leñadores y se dirigieron sin hacer ruido a la ventana. *Grisón* asomó la cabeza y descubrió a tres terribles bandoleros sentados en torno a un guiso cuyo aroma se esparcía por fuera de la habitación.

—Veo a tres bandidos delante de una apetitosa comida…
—murmuró *Grisón*—. Tenemos que conseguir que huyan. ¡Deprisa,
Busca, súbete a mi lomo; y tú, *Micifuz*, súbete al suyo! *Canta
claro*, tú te pondrás arriba de todo. En cuanto yo empuje la
ventana, nos pondremos a gritar a coro.

A la señal del asno, la ventana se abrió bruscamente y unos
gritos, ladridos, aullidos y rebuznos invadieron toda la habitación.
Pensando que era un fantasma, los bandoleros huyeron al bosque sin
volver la vista atrás. Cuando ya se habían alejado lo suficiente,
el perro, el gato, el asno y el gallo entraron, se sentaron a la mesa
y comieron lo que quedaba en la humeante cazuela.

Llegó luego la hora de ir a dormir. El asno se tumbó sobre
la paja, el perro junto a la puerta trasera, el gato al lado de la
estufa y el gallo en lo alto de un hato de heno.

Agotados por su larga marcha, los cuatro colegas no tardaron
en dormirse.

Sin embargo, los bandoleros no estaban lejos. Una vez pasado
el primer susto, el jefe de la pequeña banda no se contentó con
abandonar tan cómodo refugio. Además, ¡todavía tenía hambre!

Puesto que parecía que había vuelto la calma, ordenó a uno de sus hombres que fuera a ver si aquel terrible fantasma todavía se encontraba en la casa.

El bandido hizo acopio de todo su valor y se acercó silenciosamente. Empujó poco a poco la puerta y entró en la cocina. Cerca de la estufa, le pareció que brillaban dos brasas y acercó una cerilla para avivarlas.

Pero a *Micifuz*, que dormía con los ojos abiertos, no le hizo ninguna gracia esta inesperada intromisión. Levantándose sobre sus cuatro patas, escupió al ladrón, sacó las uñas y le saltó encima.

Aterrorizado, el bandolero se protegió la cara y cruzó la habitación a toda prisa, pensando en huir por la puerta trasera. Desgraciadamente para él, se tropezó con *Busca* al cruzar el umbral. El perro se puso en pie de un brinco, le clavó con fuerza sus terribles colmillos y lo persiguió durante unos metros ladrando. El ladrón se puso a correr a través del patio gritando a pleno pulmón.

Con las prisas saltó por encima de lo que parecía ser un montón de paja; pero justo cuando salvaba este obstáculo, *Grisón*, que se había despertado sobresaltado, ¡le propinó una violenta coz!

Arrebatado del sueño con todo ese escándalo, *Cantaclaro*, creyendo que ya estaba amaneciendo, se puso a cantar: «¡Kikirikí! ¡Kikirikí!».

El ladrón corría tanto como sus piernas le permitían, jurando

nunca más volver a poner el pie en esa casa embrujada.

Entre jadeos, contó luego su aventura:

—¡En la casa, cerca de la estufa, hay una bruja que araña a los que se le acercan! Cerca de la puerta, un hombre vigila con un

cuchillo en la mano y otro está escondido en un haz de heno
con un mazo. Incluso he oído a un juez sobre el tejado gritando:
«¡Que capturen a este caco! ¡Que capturen a este caco!».

Tras esta explicación, los ladrones nunca más se atrevieron
a volver a ese lugar.

En cuanto a nuestros colegas, decidieron que Bremen esperaría
a otros músicos. Se instalaron todos juntos en la casa para vivir
unos días felices y apacibles.

Un Ojito, Dos Ojitos y Tres Ojitos

Ilustrado por Hanoa Silvy

Había una vez una mujer que tenía tres hijas, la mayor de las cuales se llamaba Un Ojito porque solo tenía un ojo en medio de la frente; la segunda, Dos Ojitos porque tenía dos ojos como todo el mundo; y la menor, Tres Ojitos porque tenía tres ojos y, en su caso, el tercero también se hallaba en medio de la frente.

Ahora bien, como Dos Ojitos tenía el mismo aspecto que los demás niños, su madre y sus dos hermanas no podían soportarla, hasta el punto de vestirla con sus ropas ya usadas y no darle de comer más que las sobras.

Un día, Dos Ojitos se sentó al borde del camino y se puso a llorar tan desconsoladamente que dos regueros de lágrimas descendían por sus mejillas. En el momento en que levantó los ojos bañados en lágrimas, una dama blanca que se hallaba de pie ante ella le preguntó a qué se debía su pena.

La niña le contó toda su historia entre gemidos.

—Dos Ojitos —dijo la dama—, sécate los lágrimas. Cuando tengas hambre, dile a la cabra: «¡Bala, cabrita! ¡Cúbrete, mesita!», y acto seguido podrás comer tanto como desees. Una vez que hayas satisfecho el hambre, dirás: «¡Bala, cabrita! ¡Desaparece, mesita!», y desaparecerá.

Y así se hizo.

A partir de entonces Dos Ojitos comía cada día lo que quería.

Un día, la madre mala, que algo sospechaba, dijo a Tres Ojitos:

—Ve mañana a comprobar si no hay nadie que trae bebida y comida a Dos Ojitos. ¡Está engordando a ojos vistas!

Dos Ojitos y Tres Ojitos se marcharon, pues, juntas al campo y cuando Dos Ojitos creyó que Tres Ojitos dormía, repitió la frase. La mesa se llenó, bellamente provista de apetitosos manjares.

Pero ¡Tres Ojitos lo había visto todo! Así que cuando volvió a casa lo contó al detalle. La madre hundió entonces, sin dudarlo ni un segundo, un cuchillo de carnicero en el

corazón de la cabra para acabar de inmediato con la dicha de Dos Ojitos.

Llena de pena, la niña se sentó por la noche al borde del camino y ya derramaba amargas lágrimas cuando, de repente, volvió a aparecer la dama blanca.

—Dos Ojitos, ¿por qué lloras? —le preguntó.

—Lloro por la cabra que, cada día, cuando le decía la frase que vos me enseñasteis, me servía una mesa tan bonita. Mi madre la ha matado y otra vez estoy condenada a pasar hambre y miedo.

—Dos Ojitos —señaló la dama blanca—, voy a darte un consejo. Pide a tus hermanas que te den las entrañas de la cabra muerta y entiérralas delante de la puerta de la casa. Te darán felicidad.

Y acto seguido, desapareció.

Dos Ojitos volvió a casa y pidió a sus hermanas las entrañas.

—Si no quieres más que eso, lo tendrás —respondieron ellas.

Dos Ojitos cogió las entrañas y las enterró esa misma noche, sin hacer ruido, delante de la puerta de la casa.

Al día siguiente
por la mañana, cuando
las hermanas despertaron,
vieron delante de la puerta un
árbol maravilloso del que colgaban unas frutas
de oro. Enseguida treparon al árbol, tendiendo
los brazos hacia las frutas. Pero en cuanto se
acercaban, las ramas retrocedían.

Solo Dos Ojitos podía coger las frutas sin que estas huyeran.

Llegó un día en que estaban junto al árbol y vieron aproximarse a un apuesto caballero que admiró el árbol y preguntó:

—¿A quién pertenece este árbol? La que me dé una rama podrá pedirme como recompensa todo lo que desee.

Las dos hermanas se apresuraron a trepar por el árbol para cortar una rama. Pero de nuevo, cada vez que tendían los brazos, las ramas retrocedían y las evitaban.

Entonces el caballero pidió a Dos Ojitos:

—¿Podrías cogerme tú una rama de este árbol?

—Sí, sin el menor problema, pues el árbol es mío.

Y trepó grácilmente por el árbol y sin ningún esfuerzo cogió una rama con sus hojas de plata y sus frutos de oro y se la tendió al caballero.

—Dos Ojitos —dijo este—, ¿qué deseas como recompensa?

—¡Ay! —respondió la joven—. Padezco hambre y sed y soy desdichada de la mañana a la noche. Si quisierais llevarme con vos, me haríais muy feliz.

Entonces el caballero montó a Dos Ojitos en su caballo, la llevó al castillo y se ocupó con ternura de ella.

—Bah —murmuraron las dos hermanas—. A nosotras nos queda el árbol maravilloso. ¿Quién sabe si no sacaremos provecho de ello?

Sin embargo, al día siguiente por la mañana, el árbol había desaparecido y todas sus esperanzas se desvanecieron.

Y cuando Dos Ojitos miró por la ventana de su bonita habitación, lo vio ante sus ojos. El árbol la había seguido y ella estaba maravillada.

Dos Ojitos y su caballero se casaron y fueron felices hasta el fin de los tiempos.

Cuentan que las dos hermanas y la madre todavía viven, las tres inmersas en su maldad.

Los siete cabritillos y el lobo

Ilustrado por Raphaëlle Michaud

Había una vez una casita en la que siempre resonaban los gritos de alegría de siete pequeños cabritillos.

Su madre, una anciana cabra que los quería mucho, los vigilaba durante todo el día, pues en el bosque cercano había un viejo y astuto lobo que solo soñaba con una cosa: devorar a los siete pequeños cabritillos.

Un día, antes de dirigirse al pueblo para hacer las compras, la cabra llamó a sus hijos y les dijo:

—Me marcho a buscar provisiones. Estaré fuera solo unas horas. Os pido que desconfiéis del lobo que anda merodeando por aquí, pues si consigue cruzar esta puerta, ¡os comerá a todos! Tiene la voz ronca y las patas negras como el carbón con garras.

—Sí, mamá, vete tranquila, que seguiremos tus consejos.

La cabra entregó la llave de la casa a los cabritillos y se marchó.

Aún no había andado la cabra diez pasos cuando, saltando la valla, una sombra amenazadora se acercó a la casita.

Unos segundos más tarde, una pata de afiladas garras golpeó violentamente la puerta.

—¡Abrid, abrid, queridos niños! He olvidado la lista de la compra. Los cabritillos se miraron sorprendidos. Cuando reconocieron la profunda voz del lobo, se echaron a temblar de miedo.

—¡No, no abriremos! Te hemos reconocido, eres el lobo —dijo el mayor de los cabritillos—. Nuestra madre tiene la voz dulce y amable.

La tuya es ronca y desagradable.

El lobo, furioso, desapareció por los senderos y corrió hasta la tienda del pueblo.

Se metió en el interior del comercio y sobre la balanza vio un saco donde el tendero guardaba las tizas blancas.

Se comió un trozo grande para suavizar su garganta y regresó en dirección a la casa de los siete cabritillos.

Cuando llegó ante la puerta, dio unos golpecitos y se frotó el cuello, se aclaró la voz y dijo con un tono tembloroso:

—¡Abrid, pequeñitos, soy yo, vuestra mamá! He vuelto del mercado y os traigo un regalito para cada uno.

Sin embargo, uno de los pequeños cabritillos, impaciente por ver a su madre, miró por la ventana y vio apoyado en el marco la terrible pata negra del lobo. Antes de que el mayor se acercara a la puerta, gritó:

—No, tú no eres nuestra madre, ella tiene las patitas blancas y bonitas. Las tuyas son negras como el carbón. ¡Vete, lobo, te hemos reconocido! Y todos los cabritillos se alejaron de la puerta.

El lobo, muy enfadado, se marchó a la panadería.

—Me he hecho daño en una pata. Prepárame un poco de masa para que me la ponga encima.

El panadero, aterrorizado, le obedeció sin rechistar. El lobo corrió después a casa del molinero, que no estaba, metió la pata en un saco de harina y partió.

Por tercera vez, el lobo volvió a la casita de la cabra y se acercó a la puerta enseñando su pata blanca por la ventana. Con una voz dulce y alegre gritó:

—Abridme, amorcitos, soy vuestra mamá que regreso para traeros regalos y una comidita muy buena.

Los cabritillos se miraron, pegaron el morro a la ventana y reconocieron la patita blanca de su querida madre. El mayor tomó entonces la llave y abrió.

La horrible silueta del lobo se recortó en el hueco de la puerta. Los siete pequeños cabritillos temblaron de miedo.

Balando, corrieron a esconderse para escapar de las garras del lobo feroz, pero este los encontró a todos y se los tragó uno a uno.

Cuando hubo calmado su hambre, se detuvo.

—Vaya, me parecía que había siete —se dijo.

Buscó por toda la casa pero no consiguió encontrar al más joven de los hermanitos.

Este se había refugiado en el armario del reloj y estaba paralizado por el miedo, esperando a que el lobo se fuera lejos.

—En fin —se dijo el lobo—, en cualquier caso ahora ya no tengo más hambre. —Y se tendió en un prado vecino a la sombra de un manzano, donde se durmió.

Poco después llegó la cabra del mercado y descubrió
en la casa un desorden tremendo. Uno a uno fue llamando
en vano a sus hijitos. Cuando llegó el turno del séptimo, una
suave vocecita se escapó desde el reloj:

—¿Eres tú, mamá?

La madre se acercó a toda prisa y sacó al tembloroso cabritillo
de su escondrijo.

El pequeño contó que el lobo se las había arreglado para
entrar en la casa y había devorado a sus seis hermanos.

La vieja cabra lloró por la desaparición de sus hijos. Después,
puso orden a sus cosas y salió de la casa seguida por el benjamín.

Al llegar al prado que lindaba con la casita, descubrió
al gran lobo, acostado de lado a la sombra de un manzano y
durmiendo como un leño. Al acercarse vio que el vientre se
le movía de una forma muy rara. El lobo se había tragado enteros
y crudos a los seis cabritillos. Envió entonces al pequeño a por
un par de tijeras e hilo y, tras asegurarse de que el lobo estaba
bien dormido, le abrió la barriga. Los seis cabritillos no tardaron
en salir uno tras otro.

—Deprisa —les dijo—. Id al río a buscar unas piedras grandes.

Unos minutos más tarde, llenaba con piedras el vientre del lobo.

Hecho esto, la cabra se apresuró a coserle la panza y todos
se escondieron.

Al despertar, el lobo no se sentía demasiado bien.

—¡Diantre! ¡Esos cabritillos me han dado mucha sed!
Todavía siento sus cuernecitos haciéndome cosquillas en la piel
de la panza —dijo el malvado lobo.

Pero cuando se levantó, las piedras entrechocaron en el interior
de su barriga, que estaba tan hinchada como un balón.

—Pero ¿qué es este ruido tan raro? ¿Qué debo de tener aquí
dentro?

A duras penas consiguió arrastrarse hasta el pozo.

Pero en cuanto asomó el hocico por el brocal, el peso de
la barriga llena de guijarros lo arrastró al fondo…

Y nunca más volvió.

Charles Perrault

Cenicienta

Ilustrado por Quitterie de Castelbajac

Había una vez una muchacha dulce y buena. Ya que al concluir sus tareas solía sentarse junto a las cenizas de la chimenea, todos la llamaban Cenicienta. Y ahí permanecía por las noches, llena de tristeza, pues su madrastra la odiaba y maltrataba, y sus hermanastras envidiaban su belleza.

Llegó la primavera y el hijo del rey anunció un baile e invitó a todas las personas de bien, entre ellas a las dos hermanastras, que a partir de ese momento no dejaron de pensar en la fiesta. Por fin llegó la feliz noche. Ambas partieron y Cenicienta siguió a las niñas mimadas con la mirada velada por la pena. En cuanto desaparecieron en la lejanía, rompió a llorar.

El hada madrina de Cenicienta enseguida adivinó el motivo de tanto llanto y aflicción.

—Te gustaría ir al baile, ¿no?

Al escuchar las explicaciones de Cenicienta, el hada se sintió tan conmovida que dijo:

—Ve al jardín y tráeme una calabaza.

Asombrada, Cenicienta cogió la más preciosa calabaza que encontró y se la llevó al hada buena. Esta la tocó con su varita mágica... ¡y la calabaza se convirtió de golpe en una carroza dorada! El hada miró luego en la ratonera y encontró seis ratones, que transformó en seis corceles tordos y briosos. Volvió a utilizar la varita para hacer de seis lagartos, que estaban tras una regadera, seis engalanados lacayos que pronto se colocaron tras la carroza. Y para acabar, cambió una rata gorda que pasaba por ahí en un magnífico cochero.

—Ya está, ¡así podrás ir al baile! —dijo el hada a Cenicienta.

—Sí, pero ¿voy a ir así vestida, con esta ropa tan fea?

El hada se limitó a tocarla con la varita y en un abrir y cerrar de ojos los harapos de Cenicienta fueron sustituidos por unos ropajes de oro y plata adornados de pedrería y las zapatillas

por unos zapatitos de cristal. Cenicienta resplandecía como una estrella en el firmamento.

Antes de partir, el hada le advirtió que debía regresar antes de la medianoche. Si permanecía un instante más en el baile, la carroza se convertiría en calabaza, los caballos en ratones, los lacayos en lagartos y sus ropajes en harapos.

Y Cenicienta se marchó a la ceremonia colmada de alegría.

Avisaron al hijo del rey de que acababa de llegar una gran princesa a la que no conocía. El príncipe corrió a recibirla y la llevó al salón de invitados.

Se produjo un profundo silencio.

Solo se oía un vago murmullo:

—¡Oh! ¡Qué hermosa es!

El hijo del rey la invitó a bailar y sus movimientos eran tan gráciles que la admiración hacia ella creció. El príncipe permaneció a su lado toda la noche, susurrándole al oído tantas y tan bonitas palabras tiernas que ella olvidó los consejos del hada. Oyó la primera campanada de medianoche y creyó que serían las once.

Cenicienta salió corriendo tan ligera como una gacela.

El príncipe fue tras ella, pero apenas logró coger un zapatito de cristal que ella había perdido durante la huida.

Cenicienta llegó a casa sin carroza, sin lacayos y sin el precioso vestido. De su anterior esplendor solo quedaba el otro zapatito de cristal. Cuando las hermanastras regresaron a su vez le contaron que el hijo del rey había recogido el zapatito de cristal que una desconocida había perdido al escapar y que lo había estrechado contra su corazón hasta el amanecer.

No exageraban, pues, unos días después, un pregonero anunció que el hijo del rey se casaría con aquella doncella cuyo pie se ajustara perfectamente al zapatito.

Primero probaron las princesas, luego las duquesas y así toda la corte hasta llegar a las dos hermanastras. Por mucho que lo intentaron, sus esfuerzos fueron vanos.

Cenicienta, que reconoció el zapatito, se dispuso a probárselo pese a las burlas de todas sus rivales.

El hijo del rey la hizo sentar y cuando acercó el zapatito al delicado pie, notó que este se deslizaba fácilmente en el interior.

La sorpresa general fue inmensa y todavía más inmensa cuando Cenicienta sacó del bolsillo el otro zapatito y se lo calzó. Y cuando llegó el hada y con un toque de varita mudó los harapos de la joven en una resplandeciente indumentaria, todos se quedaron estupefactos.

Y así fue como las hermanastras vieron que era la hermosa desconocida del baile y se arrojaron a sus pies para pedirle perdón.

Cenicienta, que era buena de corazón, las perdonó de buen grado.

El joven príncipe, cegado ante tanta hermosura y gracia, le pidió la mano ese mismo día.

Y la ceremonia fue tan preciosa que todavía se recuerda en toda la región.

El gato con botas

Ilustrado por Anne Defréville

Érase un viejo molinero que al morir nada podía dejar a sus hijos más que su molino, un burro y un gato. El primogénito se quedó con el molino, el segundo con el asno y con el gato el más joven. Este no hallaba consuelo ante tal magro lote.

—Mis hermanos —decía— tendrán juntos la posibilidad de ganarse bien la vida; pero yo, cuando me haya comido el gato y hecho un manguito con sus pieles, me moriré de hambre.

—No os aflijáis, amo mío —le respondió entonces el Gato, que era el más astuto del reino—, solo tenéis que darme un saco y hacerme unas botas para ir por la maleza y ¡ya veréis!

Cuando el Gato obtuvo lo que pedía, se calzó las botas y se tendió junto a una madriguera como si estuviera muerto.

No tardó en llegar lo que esperaba: un conejo joven y despistado se metió en el saco y maese Gato lo mató sin el menor miramiento. Orgulloso con su presa, se dirigió a casa del rey y pidió audiencia.

—Aquí tenéis, señor —dijo al rey tras dedicarle una profunda reverencia—, un conejo silvestre que mi señor, el marqués de Carabás —tal fue el nombre que se le ocurrió dar a su amo— me ha pedido que os regale de su parte.

—Di a tu señor —respondió el rey— que me complace y le agradezco el presente.

Durante dos o tres meses, el Gato siguió llevando de vez en cuando al rey presas de caza de su amo.

Un día que se enteró de que el rey iba de paseo por la orilla del río con su hija, la princesa más bella del mundo, dijo a su amo:

—Si seguís mi consejo, habréis hecho fortuna: solo tenéis que bañaros en el río, en el lugar que yo os mostraré, y del resto me encargo yo.

Y así se hizo.

—¡Socorro! ¡Socorro! Mi señor el marqués de Carabás se está ahogando —se oyó de repente.

Ante tal grito, el rey asomó la cabeza y al reconocer al tan amable Gato ordenó a sus guardias que corrieran a ayudar al marqués y mandó ir a buscar uno de sus trajes más bonitos. Como esa indumentaria real aumentaba el atractivo del joven, la hija del rey se enamoró al instante de él.

A eso siguió un paseo en carroza. El Gato, contento al ver que sus planes empezaban a realizarse, se adelantó y comenzó a advertir a los campesinos que segaban un campo:

—Si no decís que el campo que estáis segando pertenece a vuestro señor el marqués de Carabás, haré de vosotros carne picada.

Como era de esperar, el rey preguntó de quién era ese campo.

—De nuestro señor el marqués de Carabás —respondieron todos los labriegos.

—Tenéis un buen legado aquí —señaló el rey al marqués de Carabás.

—Sabéis, señor —contestó el marqués—, es un campo que cada año sin excepción ofrece abundantes cosechas.

Maese Gato llegó, por último, a un hermoso castillo cuyo dueño era un ogro, el más rico jamás visto, pues todas las tierras por las que el rey había pasado eran propiedad del ogro.

El Gato pidió audiencia y el ogro lo recibió con toda la educación de que es capaz un ogro y lo invitó a descansar.

—Me han asegurado que tenéis el don de transformaros en cualquier tipo de animal, que os podéis transformar, por ejemplo, en león o en elefante.

—Es cierto —contestó el ogro rápidamente—, y para mostrároslo voy a convertirme en león.

El Gato se asustó, pero se repuso cuando el ogro recuperó su forma inicial.

—También me han asegurado —insistió el Gato— que tenéis el poder de transformaros en una rata o en un ratón. Os confieso que algo así me parece imposible.

—¡Imposible! —replicó el ogro—. ¡Ahora veréis!

Y en cuanto el Gato vio la rata, se abalanzó sobre ella y se la comió.

Entretanto, el rey, que había visto al pasar el hermoso castillo del ogro, quiso entrar en él.

—Sed bienvenido a este castillo, Majestad.

—Pero ¡cómo, señor marqués de Carabás! —se sorprendió el rey—, ¿también este castillo es vuestro? No los hay que sean más preciosos. Entremos si no os molesta.

Y entraron todos.

El rey, fascinado por las virtudes del marqués, al igual que su hija, que estaba loca por el joven, al ver la cantidad de bienes que poseía, le dijo tras tomarse unos buenos cinco o seis tragos:

—De vos depende, marqués, que lleguéis a ser mi yerno.

El marqués se puso a hacer grandes reverencias y, ese mismo día, se casó con la princesa mientras el Gato recibía el título de nobleza.

Barbazul

Ilustrado por Sandrine Morgan

Érase una vez un hombre muy rico. Para su desgracia, sin embargo, tenía la barba azul y esto le daba un aspecto tan terrible que todas las mujeres huían al verlo.

Una de sus vecinas tenía dos hijas. Pidió una en matrimonio, pero ninguna de ellas quiso aceptarlo, pues ya se había casado con varias mujeres que nunca nadie había vuelto a ver.

Barbazul, para conocer mejor a sus jóvenes vecinas, las invitó a ellas, a su madre y algunas amigas a una de sus casas de campo, donde pasaron ocho días. Sus actividades se limitaban a los paseos, partidas de caza y pesca, danzas y festejos, etc. En fin, todo iba tan bien, que la más joven pensó que el dueño del lugar

ya no tenía la barba tan azul y que era un hombre encantador. Así que aceptó su propuesta de matrimonio.

Un mes después, Barbazul dijo a su esposa que tenía que salir de viaje por motivos de trabajo y que le rogaba que se divirtiera durante su ausencia.

—He aquí —dijo— las llaves de todos los muebles y habitaciones de la casa. Esta llavecita es la del gabinete que está al final de la galería grande: abridlo todo, id por donde queráis; pero os prohíbo que entréis en esa pequeña habitación o montaré en cólera.

Ella prometió cumplir exactamente todo lo que acababa de ordenarle y él, tras darle un beso, emprendió el viaje.

Las vecinas y amigas no esperaron a ser llamadas para acudir a la casa de la recién casada, pues estaban impacientes por contemplar todas las riquezas de su nuevo hogar. Enseguida se pusieron a recorrer todas las habitaciones, gabinetes, guardarropas, a cual más bonito y espléndido. No dejaron de halagar y envidiar la felicidad de su amiga, quien, sin embargo, no se alegraba de ver todas esas riquezas, pues estaba impaciente por abrir el gabinete prohibido.

Estaba tan impaciente que dejó a sus amigas y bajó por una pequeña escalera escondida con tanta precipitación que estuvo a punto de desnucarse en dos o tres ocasiones. Delante de la puerta del gabinete, la tentación era tan fuerte que no pudo librarse de ella: tomó la llavecita y, temblando, abrió la puerta.

Primero no vio nada, pues las ventanas estaban cerradas. Después, comenzó a ver que el suelo estaba cubierto de sangre cuajada y que en la sangre se reflejaban los cuerpos de muchas mujeres muertas atadas a lo largo de las paredes: eran todas las esposas de Barbazul, a las que había degollado. Casi muerta de miedo, la llave le cayó de las manos.

Cuando se serenó un poco, recogió la llave, volvió a cerrar la puerta y subió a su habitación para recuperarse un poco.

Como la llave se había manchado de sangre, la limpió dos o tres veces, pero la mancha no desaparecía: intentó lavarla y frotarla con arena, pero la sangre permanecía, pues la llave estaba encantada y no había manera de limpiarla del todo.

Barbazul regresó
del viaje esa misma
noche y su esposa
hizo todo lo posible
para demostrarle que
estaba encantada
con su pronto regreso.

Por la mañana, él le
pidió que le devolviera las llaves
y ella lo hizo con las manos tan
temblorosas que el marido enseguida se dio cuenta de lo que había
sucedido.

—¿Por qué —preguntó Barbazul— no está la llave del gabinete
con las otras?

Entonces no tuvo más remedio que dársela. Al mirarla, Barbazul
preguntó de nuevo:

—¿Por qué está manchada de sangre?

—No lo sé —respondió la pobre mujer, más pálida que un
muerto.

—¡Yo sí que lo sé! —replicó Barbazul—. ¡Habéis entrado en el gabinete! Pues bien, entraréis de nuevo y ocuparéis vuestro lugar junto a las damas que habéis visto allí.

Ella se arrojó a los pies de su marido llorando y le pidió perdón por no haberle obedecido. Habría ablandado hasta una roca, pero Barbazul tenía el corazón más duro que una piedra.

—Tendrás que morir —dijo.

—Puesto que tengo que morir —contestó ella, mirándolo con los ojos inundados de lágrimas—, dadme un poco de tiempo para rezar a Dios.

—Os concedo un cuarto de hora —respondió Barbazul—; pero ni un segundo más.

Cuando estuvo sola, llamó a su hermana y le dijo:

—Ana, hermana mía, te ruego que subas a lo alto de la torre para ver si ya llegan mis hermanos: me han prometido que vendrían a visitarme.

Ana subió a lo alto de la torre y la pobre esposa, entristecida, le gritaba de vez en cuando.

—Ana, hermana mía, ¿ves venir a alguien?

—Solo veo al sol brillar y la hierba crecer —respondía la hermana.

—¡O bajas ya —gritaba Barbazul— o subo yo a buscarte!

—¡Voy! —respondía la mujer, y luego preguntaba—: Ana, hermana mía, ¿ves venir a alguien?

—Veo —respondió la hermana—, a dos caballeros que se acercan, pero todavía están muy lejos.

—¡Alabado sea Dios! —exclamó la esposa—. Hazles señas para que se den prisa.

Barbazul se puso a gritar tan fuerte que toda la casa tembló. La pobre esposa bajó y se arrojó a los pies del hombre desconsolada.

Pero Barbazul, le agarró por el pelo con una mano y con la otra blandió un cuchillo en el aire, listo para cortarle la cabeza.

En ese instante llamaron tan fuerte a la puerta que Barbazul se detuvo de golpe. Abrieron la puerta e inmediatamente entraron dos caballeros que, espada en mano, se precipitaron hacia Barbazul.

Este reconoció a los hermanos de su esposa e intentó escapar, pero los dos caballeros lo persiguieron y lo atraparon antes de que llegara a la escalinata. Lo atravesaron con la espada y lo mataron.

Sucedió entonces que, como Barbazul no tenía herederos, su esposa se quedó con todos sus bienes. Una parte la empleó en casar a su hermana Ana con un joven gentil que ella amaba desde hacía tiempo; otra parte para comprar los puestos de capitanes a los dos hermanos; y el resto para casarse ella misma con un hombre encantador que le hizo olvidar la horrible experiencia con Barbazul.

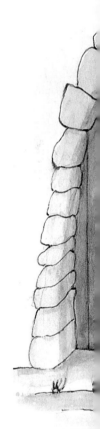

Caperucita Roja

Ilustrado por Anaïs Rotteleur

Había una vez una niña que vivía en una aldea y que era la más bonita que haberse visto pueda. Su madre la quería con locura y su abuela todavía más. Fue esta quien le hizo una caperuza de color rojo que le sentaba tan bien que todo el mundo la llamaba Caperucita Roja.

Un día que su madre había preparado unos bizcochos le dijo:

—Me han contado que la abuela está enferma, ve pues a ver cómo se encuentra y le llevas este bizcocho y un tarro de mantequilla.

Caperucita Roja partió de inmediato a casa de su abuelita, que vivía en otro pueblo. Al pasar por el bosque se cruzó con el compadre lobo, que enseguida tuvo ganas de comérsela, aunque no se atrevió porque rondaban por el bosque unos leñadores.

El lobo preguntó a la niña adónde iba, y la pobre, que no sabía lo peligroso que es pararse a charlar con un lobo, le respondió:

—Mi madre me ha enviado a casa de mi abuelita para llevarle un bizcocho y un tarrito de mantequilla.

—¿Vive muy lejos? —insistió el lobo.

—¡Uy, sí! —contestó Caperucita Roja—, más allá de la montaña que se ve ahí, en la primera casa del pueblo.

—De acuerdo —dijo el lobo—, yo también iré a verla. Mira, yo cojo ese camino y tú aquel de allí, y a ver quién llega antes.

El lobo se puso a correr con todas sus ganas por el camino que era más corto y la niña emprendió el camino más largo, entreteniéndose en coger avellanas, perseguir las mariposas y hacer ramitos con las flores que iba encontrando. El lobo no tardó mucho en llegar a casa de la abuelita y llamó a la puerta: toc, toc.

—¿Quién es?

—Soy tu nieta, Caperucita Roja —anunció el lobo suavizando la voz—, que te traigo un bizcocho y un tarrito de mantequilla de parte de mi madre.

La pobre abuelita, que estaba en cama porque no se sentía muy fina, gritó:

—Tira del picaporte y entra.

El lobo tiró del picaporte y la puerta se abrió. El feroz animal se abalanzó sobre la pobre mujer y la devoró en un abrir y cerrar de ojos, pues llevaba tres días sin comer. A continuación cerró la puerta y se metió en la cama de la abuela en espera de que llegara Caperucita. Poco tiempo después, la niña llamó a la puerta: toc, toc.

—¿Quién es?

—Soy tu nieta, Caperucita Roja, que te traigo un bizcocho y un tarrito de mantequilla de parte de mi madre.

—Tira del picaporte y entra —gritó el lobo suavizando la voz.

Caperucita Roja tiró del picaporte y la puerta se abrió.

Al verla entrar, el lobo se escondió bajo las sábanas.

—Pon el bizcocho y el tarrito de mantequilla sobre la panera y ven a acostarte conmigo.

Caperucita Roja se desvistió y se metió en la cama, pero le sorprendió el aspecto de su abuelita en camisón.

—Abuelita —dijo la niña—, ¡qué brazos más grandes tienes!

—Es para abrazarte mejor, hijita.

—Abuelita, ¡qué piernas más grandes tienes!

—Es para correr mejor, hijita.

—Abuelita, ¡qué orejas más grandes tienes!

—Es para oírte mejor, hijita.

—Abuelita, ¡qué ojos más grandes tienes!

—Es para verte mejor, hijita.

—Abuelita, ¡qué dientes más grandes tienes!

—¡Son para comerte mejor!

Y dicho esto, el lobo feroz saltó sobre Caperucita Roja y se la comió.

Las hadas

Ilustrado por Clémence Pénicaud

Había una vez una viuda que tenía dos hijas. La mayor se parecía tanto en carácter y en aspecto a ella que quien la veía veía a la madre. Las dos eran tan antipáticas y orgullosas que resultaban insoportables.

La pequeña, que era el auténtico retrato de su padre por su dulzura y honradez, era por eso mismo una de las niñas más bonitas que encontrar se pudiera.

Puesto que uno suele amar a quien se le parece, la madre estaba loca por la hija mayor y, al mismo tiempo, sentía una terrible aversión por la menor. La obligaba a comer en la cocina y a trabajar sin fin. Entre otras cosas, la pobre niña tenía que ir dos veces al día a sacar agua, a media hora de la casa, y cargar con ella de vuelta.

Un día que estaba en la fuente, se le acercó una pobre mujer que le rogó que le diera de beber.

—Claro que sí, buena mujer —dijo la niña. Y limpiando de inmediato el cubo, sacó agua del lugar más claro de la fuente y se la ofreció, sin dejar de sostener el recipiente para que la mujer bebiera con mayor comodidad.

—Sois tan bonita, tan buena y de buena fe —dijo la buena mujer una vez que hubo bebido, que no puedo evitar daros un don. Era un hada que se había transformado en una aldeana pobre para ver si la joven era realmente bondadosa—. Os concedo como don —prosiguió el hada— que, con cada palabra que pronunciéis, salga de vuestra boca o una flor o una piedra preciosa.

Cuando la hermosa niña llegó a casa, su madre la regañó por llegar tan tarde de la fuente.

—Os pido perdón, madre —dijo la desdichada niña—, por haber llegado tan tarde. —Y al tiempo que decía estas palabras, de su boca salieron dos rosas, dos perlas y dos grandes diamantes.

—Pero ¡qué veo! —exclamó asombrada la madre—. Creo que te salen perlas y diamantes de la boca. ¿Cómo es posible, hija mía? —Que conste que era la primera vez que la llamaba hija suya.

La niñita le contó ingenuamente todo lo que le había ocurrido, eso sí, arrojando un sinnúmero de diamantes.

—En realidad —dijo la madre—, tengo que enviar a la fuente a mi otra hija. Mira, Francina, lo que sale de la boca de tu hermana. ¿No te gustaría tener ese mismo don? Solo tienes que ir a sacar agua de la fuente y cuando una pobre mujer te pida de beber la obedeces y le das agua.

—Lo que me faltaba —protestó la antipática—, tener que ir a la fuente.

—Quiero que vayas —insistió la madre—, ahora mismo.

Emprendió el camino sin dejar de refunfuñar. Había cogido el frasco de plata más hermoso que había en la casa y en cuanto llegó a la fuente vio que una señora magníficamente vestida salía

del bosque para pedirle agua. Era la misma hada que se había
aparecido a su hermana, pero tenía el porte y la indumentaria de
una princesa para comprobar hasta dónde llegaba la maldad
de esa niña.

—¡Para eso he venido hasta aquí —respondió la muy orgullosa—, para daros de beber, y para eso mismo he traído el frasco de
plata, para que la señora beba! Por mí, ya podéis vos misma coger
el agua para beber.

—Qué mala fe tienes —replicó el hada sin perder los estribos—.
Pues bien, puesto que eres tan poco amable, te concedo el don de
que por cada palabra que pronuncies te salga de la boca una serpien-
te o un sapo.

En cuanto su madre la distinguió, le gritó:

—¿Qué tal ha ido, hija mía?

—¡Pues bien, madre! —contestó la antipática, soltando dos víbo-
ras y dos sapos.

—¡Cielos! —se asustó la madre—, pero ¿qué veo? Esto es por culpa de tu hermana, me las pagará. —Y salió corriendo a zurrarla.

La infeliz niñita se escapó a toda prisa y huyó al bosque vecino. El hijo del rey, que volvía de una cacería, se la encontró, y al verla tan hermosa le preguntó qué hacía ahí sola y por qué lloraba.

—Ay, de mí, señor, mi madre me ha echado de casa.

El hijo del rey, que vio salir de la boca de la niña cinco o seis perlas y el mismo número de diamantes, le rogó que le contara el porqué de todo eso. Ella le describió su aventura. El hijo del rey se enamoró y, pensando que ese don era mucho mejor que cualquier otra cosa que pudiera entregarse en matrimonio a otro, la llevó al palacio del rey, su padre, y se casó con ella.

En cuanto a su hermana, se hizo tan detestable que hasta su propia madre la echó de casa, y como nadie quiso acoger a esa desgraciada, murió en un rincón del bosque.

Riquete el del Copete

Ilustrado por Pascale Breysse

É rase una vez una reina
que dio a
luz a un
niño tan feo y tan mal
hecho que dudaron
largo tiempo
de que tuviera
forma humana.

Un hada que allí se encontraba
aseguró que estaría dotado
de una gran inteligencia. Añadió,
además, que podría, en virtud de
un don que acababa de concederle,
regalar tanta inteligencia como la suya
propia a la persona a quien más amara.

Olvidaba decir que había nacido con un pequeño tupé, por lo que todos lo llamaban Riquete el del Copete.

Siete u ocho años más tarde, la reina de un país vecino tuvo dos hijas y no se hablaba más que de la belleza de la mayor y de la inteligencia de la menor.

A medida que las dos princesas crecían, la más joven se hacía más fea a ojos vistas y la mayor cada día era más bobalicona.

Un día que la mayor se había retirado al bosque para llorar su desgracia, vio que se le acercaba un hombrecito muy feo y desagradable. Era el joven príncipe Riquete el del Copete. Al notar la tristeza de la joven, le dijo:

—No comprendo en absoluto, señora, cómo una persona tan hermosa puede estar tan desolada.

—Preferiría —dijo la princesa— ser tan fea como vos, pero inteligente, que ser hermosa y tan tonta como yo lo soy.

—¿Sabíais, señora —dijo Riquete el del Copete—, que vuestro razonamiento carece de necedad? ¿Sabíais que tengo el poder de conceder inteligencia a la persona a quien más ame? Y puesto que vos, señora, sois esa persona, solo de vos dependerá que poseáis tanta inteligencia como tener se pueda, si es que accedéis a casaros conmigo.

La princesa se quedó perpleja y no respondió.

—Ya veo —continuó Riquete el del Copete— que mi proposición os entristece y no me extraña que así sea. Tenéis todo un año para pensároslo.

La princesa imaginó que ese año nunca llegaría a su fin y aceptó la proposición.

En cuanto hubo prometido a Riquete el del Copete que se casaría con él, ya se sintió diferente. En ese mismo momento comenzó a sostener una conversación ingeniosa y elevada con Riquete el del Copete, y su transformación fue tan evidente en la corte a medida que pasaban los meses que sus padres y todos los cortesanos se extrañaron.

Pasado un año, llegó casualmente al mismo bosque donde había conocido a Riquete el del Copete. Apenas había dado treinta pasos cuando él apareció.

—Ya me veis, señora —dijo él—, cumpliendo puntualmente con mi palabra, y no dudo de que vos os habéis acercado aquí para ser fiel a la vuestra y hacerme el más feliz de los hombres.

—Vos sabéis que, cuando era tonta, ni siquiera podía decidirme a casarme con vos. ¿Cómo queréis que teniendo la inteligencia que vos me habéis concedido tome ahora una decisión que no pude tomar en esa época? Si pensabais casaros conmigo, habéis errado liberándome de mi necedad y permitiéndome ver con mayor claridad lo que antes no veía.

—A parte de mi fealdad —se impacientó Riquete—, ¿hay en mí algo más que no os agrade? ¿Os sentís descontenta de mi cuna, de mi ingenio, de mi humor y de mis modales?

—En absoluto —dijo la princesa—, me complace en vos todo lo que acabáis de enumerar.

—Si eso es así —prosiguió Riquete el del Copete—, seré feliz, puesto que vos podéis hacer de mí el más amado de todos los hombres. Pues, sabed, señora, que la misma hada que me concedió el día de mi nacimiento el don de hacer ingeniosa

a la persona a quien más quisiera, también os otorgó a vos
el don de hacer hermoso a quien améis y a quien queráis
ofrecer tal favor.

—Si así están las cosas —dijo la princesa—, deseo con
todo mi corazón que os convirtáis en el príncipe más apuesto
y más amado del mundo y os concedo ese don que llevo
en mi interior.

Aún no había concluido estas palabras, cuando Riquete el
del Copete apareció ante sus ojos como el hombre más apuesto,
más gallardo y más digno de amor que ella había visto jamás.

Algunos opinan que no fueron los dones del hada los que
produjeron tal efecto, sino que solo el amor provocó esa
metamorfosis.

Sea como fuere, la princesa prometió ahí mismo casarse con
él, y al día siguiente se celebraron las bodas tal como Riquete
había previsto y cumpliéndose las órdenes que había impartido
largo tiempo atrás.

Piel de asno

Ilustrado por Sandrine Morgan

Había una vez un rey que era el más feliz de los hombres. Su reino vivía en paz y sus súbditos lo querían. Su esposa era tan bella como virtuosa y su hija, tan espléndida como la madre. Ese rey poseía en sus establos un asno al que tenía un cariño especial, pues, en lugar de manchar la paja donde dormía, tenía la singular virtud de cubrirla de monedas de oro.

Un día, la reina fue víctima de una enfermedad incurable. Consciente de que se aproximaba su última hora, llamó a su esposo y le dijo:

—Mi señor, prometedme que os volveréis a casar con una princesa más hermosa que yo.

Tras la muerte de la reina, los grandes señores de la corte pidieron al monarca que volviera a casarse para dar un heredero a su reino. Así que el rey, aunque invadido por la tristeza, envió a sus caballeros en busca de la perla rara.

Cada día se recibían encantadores retratos de princesas casaderas, pero ninguna superaba en belleza a la reina desaparecida. Solo su hija, la princesa, la igualaba. La frescura de su tez y su juventud convencieron al monarca de que debía desposarla. La joven princesa, asustada ante esta propuesta, que le parecía terrible, se arrojó a los pies de su padre suplicándole que desechara tal idea. Como él se mantuvo firme en su decisión, al caer la noche la princesa acudió a su madrina, el hada de las Lilas, para confiarle sus cuitas.

El hada la escuchó largo tiempo:

—Querida niña, di a tu padre que aceptas casarte si te ofrece un vestido del color tiempo.

La princesa siguió el consejo de su madrina; pero el rey amedrentó tanto a sus sastres que estos aparecieron poco después con un precioso vestido color azul cielo y bordado de aves multicolores.

El hada le sugirió entonces que pidiera un vestido de color luna. Al día siguiente, los costureros del rey presentaron a la princesa un vestido de una blancura resplandeciente.

A continuación, la joven pidió un vestido color sol. Pero gracias a las joyas que el rey les había confiado, los sastres confeccionaron un vestido todavía más bonito que los precedentes. La princesa estaba desesperada. El hada, por su parte, no se daba por vencida:

—Pide al rey la piel de ese asno al que tanto quiere. No se atreverá a matarlo y tú estarás a salvo.

La princesa corrió al encuentro de su padre, que se quedó perplejo al oír lo que quería la hija. Sin embargo, no vaciló ni un solo instante y, a la mañana siguiente, la princesa recibió la piel del pobre animal.

—No desesperes —la consoló enseguida el hada de las Lilas—, cúbrete con esta piel de asno y abandona el palacio lo antes posible. Aquí tienes una varita mágica que te permitirá recuperar cuando lo desees tu arcón con los vestidos y las joyas.

La princesa besó a su madrina y escapó esa misma noche. Se había embadurnado las mejillas de hollín e iba disfrazada con la fea piel del asno. Cuando el rey se enteró de que su hija había huido, mandó a más de mil soldados en su busca, pero todo fue inútil. La joven princesa ya estaba lejos.

Había encontrado refugio en una granja donde se precisaba de una mozuela que se ocupara del rebaño de pavos. Allí todos se burlaban de la piel de asno que llevaba, tan sucia y repugnante.

Por la noche, sin embargo, cuando nadie la veía, la princesa se encerraba en su triste cuarto, al fondo de un sombrío pasadizo. Se quitaba la piel del asno, se lavaba el rostro y las manos, se empolvaba los cabellos y se vestía con uno de los magníficos vestidos mientras suspiraba.

Un día, cuando Piel de Asno descansaba en su habitación, el hijo del monarca del reino vecino visitó la granja. Mientras paseaba por el jardín, una pequeña puerta atrajo su mirada. Lleno de curiosidad, miró por el agujero de la cerradura y descubrió a la muchacha más bonita que había visto hasta entonces.

Trastornado, preguntó a la granjera quién se alojaba en el cuarto que había al fondo del pasadizo.

—Es una pobre mozuela que se llama Piel de Asno y que hemos recogido.

El príncipe regresó a palacio preocupado. La imagen de la joven no lo abandonaba y persistía tanto y con tanta intensidad que acabó enfermando de amor y negándose a comer.

Los médicos no sabían qué hacer. Así que la reina preguntó a su hijo cómo podría aliviar su sufrimiento.

—Me gustaría que Piel de Asno me hiciera un pastel —contestó.

Sorprendida ante esta respuesta, la reina fue a informarse acerca de esa Piel de Asno y ordenó que le preparase un pastel. Sucedió, sin embargo, que al amasar la masa del pastel a la princesa se le cayó, desafortunadamente, uno de sus más hermosos anillos. En cuanto el pastel estuvo a punto, lo entregó a un oficial.

Solo con ver el pastel, el príncipe se lanzó a comérselo con avidez. En eso estaba cuando descubrió el anillo y lo besó. Dado que desconocía cómo volver a encontrar a la dueña de la joya, el joven cayó gravemente enfermo y la fiebre se adueñó de él.

No sabiendo qué más hacer, los médicos declararon que el príncipe se encontraba enfermo de amor.

—Hijo mío, danos el nombre de la mujer a quien amas
—suplicó la reina—, sea quien sea.

—Aquella en cuyo dedo se ajuste este anillo será mi esposa
—respondió el príncipe.

El rey, tranquilizado por la belleza de la joya, envió a sus heraldos
por todo el reino en busca de la futura esposa. Las princesas llegaron
las primeras; después las duquesas y las marquesas; pero ninguna tenía
un dedo tan fino. Siguieron las doncellas, cocineras y pastoras, que
también se probaron, inútilmente, el anillo.

—¿Habéis convocado a esa Piel de asno que me preparó el pastel? —preguntó el príncipe, inquieto.

El estallido de risa fue general. Sin embargo, el rey había dado su
palabra: todas las mujeres del reino debían probarse el anillo.

Ese día, la princesa se había peinado con mayor esmero que de
costumbre y se había puesto el vestido color sol. Cuando oyó
que el oficial golpeaba su puerta, se cubrió a toda prisa con la piel de
asno y lo siguió. Al llegar al palacio, la joven muchacha fue el hazme-
rreír de todos los presentes, pero extendió su blanca mano y el príncipe ajustó el anillo al dedo sin la menor dificultad. La piel de asno

se deslizó entonces de los hombros de la princesa y esta apareció con un vestido que superaba en belleza a los de las damas de la corte.

Al instante, el príncipe se arrodilló y le pidió que se casara con él.

En ese momento, el techo del gran salón se abrió y apareció el hada de las Lilas, que contó la historia de la princesa.

El rey y la reina, complacidos con la elección del príncipe, enviaron inmediatamente una invitación a los señores de los reinos vecinos y lejanos. El padre de Piel de asno, que se había vuelto a casar con una reina muy hermosa, acudió a dar su consentimiento a la joven y a pedirle perdón.

La boda fue espléndida y la joven pareja recibió una infinidad de regalos. Dicen que el amor que los unió todavía duraría si no hubieran muerto cien años más tarde.

Pulgarcito

Ilustrado por Jérôme Brasseur

Había una vez un leñador y su esposa que eran muy pobres y tenían siete hijos, pero ninguno de ellos podía ayudarles todavía en sus tareas. Además, el benjamín de todos guardaba casi siempre silencio, lo que les apenaba mucho.

Cuando este niño vino al mundo, siete años atrás, no era mayor que un pulgar y, por esta razón, lo llamaban Pulgarcito. Él era el que pagaba siempre los platos rotos en la familia y, sin embargo, era, con diferencia, el más educado y más listo de los hermanos.

Un año, la hambruna fue tan grande que el pobre leñador decidió separarse de sus hijos, a los que no podía alimentar. Así que una noche, cuando los niños dormían, se acercó a su mujer, que estaba junto a la chimenea, y le contó apenado que abandonaría a sus hijos en el bosque al día siguiente.

Pulgarcito, que no había conciliado el sueño y estaba fuera de la cama, escuchó la conversación. Pasó la noche reflexionando sobre qué podía hacer.

A la mañana siguiente saltó de la cama y corrió al río. Allí se llenó los bolsillos de guijarros blancos y regresó rápidamente a la casa. La familia no tardó en estar lista para salir.

Como era de costumbre, se internaron en el bosque. A lo largo del camino, Pulgarcito iba arrojando discretamente las piedras. Cuando llegaron al corazón del bosque, el leñador y su esposa se pusieron a trabajar. Al cabo de una hora, viendo que sus hijos estaban ocupados reuniendo haces de leña, huyeron por un pequeño sendero escondido.

En cuanto se dieron cuenta de que estaban solos, los niños se pusieron a llorar desconsoladamente; pero Pulgarcito los tranquilizó:

—No tengáis miedo, hermanos míos, nuestros padres nos han dejado aquí, pero os prometo que os llevaré a casa enseguida.

Siguiendo los guijarros blancos que había lanzando el benjamín, los siete hermanos regresaron a su casa por el mismo camino por donde se habían marchado. Se acercaron a ella y, sin atreverse a entrar, apoyaron la oreja en la puerta para escuchar lo que decían sus padres en ese instante.

De vuelta a casa, el leñador y su esposa se enteraron de que el señor del pueblo les había pagado una vieja deuda de diez escudos que les había devuelto la vida, pues se morían de hambre. Sin embargo, no dejaban de llorar y de reprocharse haber abandonado a sus hijos.

Entonces los siete hermanos gritaron detrás de la puerta:

—¡Aquí estamos! ¡Estamos aquí!

La madre corrió a su encuentro y los abrazó. El leñador, lleno de remordimientos, les dio de comer toda la carne que quedaba.

Desgraciadamente, la alegría del reencuentro solo duró el tiempo que duraron los diez escudos. En cuanto se gastó el dinero, el leñador y su mujer tomaron la resolución de abandonar de nuevo a sus hijos en el bosque.

Pulgarcito, que había oído a sus padres, decidió actuar del mismo modo que la vez anterior. Sin embargo, cuando se levantó muy pronto por la mañana para ir a buscar guijarros al río, se percató de que la puerta estaba cerrada con doble vuelta de llave. ¿Qué hacer?

En cuanto el leñador les dio un trozo de pan para desayunar, decidió guardarlo y arrojar las migas a lo largo del camino. El leñador y su esposa los condujeron al rincón más escondido del bosque. Detrás, Pulgarcito iba arrojando las miguitas de pan sin que nadie lo viera.

Al abandonarlos sus padres, fue en busca de las miguitas; ¡pero los pájaros se las habían comido todas! Anochecía y los niños se refugiaron bajo un haya, que Pulgarcito escaló para escrutar el horizonte. A lo lejos se distinguía una luz.

Caminaron largo tiempo en dirección a la luz. Salieron por fin del bosque y descubrieron una casita, así que golpearon tímidamente la puerta.

—¿Qué hacéis aquí, tan entrada la noche? —preguntó asombrada la mujer que les abrió.

—Nos hemos perdido en el bosque, señora. ¿Podría ofrecernos su hospitalidad por esta noche? —le pidió Pulgarcito.

—¡Ay, pobrecitos niños! —exclamó la mujer, que, al verlos tan amables, se puso a llorar—. ¡Esta es justamente la casa del ogro que devora niños!

—¿Y qué podemos hacer, señora? —replicó Pulgarcito temblando de miedo—. Los lobos nos comerán si nos quedamos en el bosque.

Pensando en que podría
esconderlos hasta la mañana
siguiente, la audaz mujer los invitó
a calentarse ante un gran fuego.
De repente, los siete hermanos
oyeron que el ogro daba tres fuertes
golpes en la puerta. Su esposa los
escondió a toda prisa bajo una
cama y fue a abrir.

El ogro pidió la cena y el vino,
y se sentó a la mesa.

Engulló todo un cordero crudo, al tiempo que se paraba de vez en cuando para husmear de izquierda a derecha.

—¡Huele a carne fresca! —gruñó de golpe.

—¿No será el cordero que acabo de preparar? —sugirió tímidamente su esposa.

—¡Digo que huele a carne fresca! —repitió el ogro y, sin dudarlo ni un segundo, corrió al otro extremo de la habitación, donde descubrió a los siete niños aterrorizados.

—¿Es que no puedes esperar a mañana para degollarlos? —gritó su mujer al verlo blandir un cuchillo—. Ya tienes un ternero, un cordero y medio cerdo para esta noche.

—Tienes razón —convino el ogro—, dales bien de comer para que no adelgacen y acuéstalos.

El ogro tenía siete hijas de la misma edad que los hermanos, que prometían convertirse en verdaderas ogras, pues ya mordían a los niños pequeños para chuparles la sangre.

Su madre las había acostado temprano y, como cada noche, les había colocado una pequeña corona. Una vez

concluida la cena, instaló a los niños en una gran cama, en la misma habitación que sus hijas, y después se fue ella a acostar.

Pulgarcito no podía dormirse. Temía que el ogro se arrepintiera de no haberlos degollado esa misma noche. Entonces se levantó, tomó las gorras de sus hermanos y la suya, y las puso sobre la cabeza de las princesas, en lugar de las coronas. Después colocó las coronas sobre la cabeza de sus hermanos y la suya.

Hacia medianoche, el ogro se levantó y se dirigió a la cocina para coger su cuchillo grande.

Se aproximó a tientas a la cama de los muchachos, colocó las manos sobre las cabezas y sintió las coronas de oro:

—¡Insensato! —exclamó—. Estaba a punto de matar a mis propias hijas. Corrió a la otra cama y tocó las gorras.

—¡Aquí están los críos! ¡Pongamos punto final a la tarea! Y diciendo esto, cortó sin la menor vacilación el cuello de sus siete hijas. Después, se volvió a acostar.

—En cuanto Pulgarcito oyó el sonoro ronquido del ogro, despertó a sus hermanos y los apremió para que lo siguieran. Uno tras otro saltaron al jardín y escaparon.

Al día siguiente por la mañana, el ogro dijo a su esposa:

—Ve a preparar a los pequeñajos de ayer noche.

Cuál no fue la sorpresa de la mujer cuando llegó al umbral de la habitación: sus hijas yacían sobre la cama, degolladas. Lanzó un grito y se desmayó. El ogro subió los escalones de cuatro en cuatro y contempló el triste espectáculo.

—¡Ay, mis hijas! ¿Qué he hecho? —exclamó—. ¡Esos desgraciados me las pagarán!

Se calzó las botas de las siete leguas, que le permitían cruzar los ríos y las colinas tan fácilmente como un gigante. Los niños solo se encontraban a cien pasos de su casa, pero, cuando lo vieron llegar se escondieron en los huecos de un peñasco. Justo en el mismo en que se detuvo a descansar el ogro. Se durmió en seguida, y los niños, asustados, no se atrevieron a salir.

Pulgarcito dijo entonces a sus hermanos que entraran en la casa, y después se acercó al ogro, que seguía durmiendo. Tiró con cuidado de las botas y se las puso. Como eran mágicas tenían la propiedad de adaptarse al pie que las calzara. Pulgarcito respiró hondo y emprendió el camino que conducía a la casa del ogro. En unas pocas zancadas ya estaba allí. Se acercó a la esposa del ogro, que lloraba sentada junto a sus hijas degolladas.

—Su marido corre un gran peligro, señora —le dijo—. Una banda de ladrones lo ha sorprendido y ha jurado que lo mataría si no entregaba toda su fortuna. Me ha rogado que viniera a veros lo más rápidamente posible para que me deis todo lo que posee.

La mujer, muerta de miedo, le confió todas las riquezas del ogro. Cargado con su botín, Pulgarcito volvió a casa de sus padres donde todos le dieron la bienvenida con alegría.

Se dice que la familia del leñador vivió feliz durante muchos años sin que jamás les faltara de nada. También se cuenta que Pulgarcito partió un día a la corte del rey con sus botas de las siete leguas. El monarca le prometió una hermosa recompensa si le traía noticias de su ejército, que se hallaba a doscientas leguas de allí, lo que Pulgarcito hizo ese mismo día. Orgulloso de su éxito, permaneció algún tiempo al servicio del rey y luego regresó junto a los suyos. Nunca más la miseria perturbó la paz de su hogar.

Fin